우리는
무지개를
타고

우리는 무지개를 타고

보배 지음

들어가며

과속방지턱처럼 불편한 삶

연애에서 시작됐다. 내가 좀 다른 사람인가 싶은 고민 말이다. 그동안 몇 번의 연애를 했고 세 번째 연애에 이르러서야 주변 사람들에게 이야기할 수 있었다. 남자친구는 아니라는 말을 대단한 비밀처럼 덧붙였다. 내가 만나는 사람이 당연히 남자려니 생각하던 사람들에게 그건 비밀이 맞았다. 당신의 당연함이 나에겐 아니라고 설명해야 했을 때 처음으로 자각했다.

머나먼 유럽 땅에 혼자 떨어졌을 때에도 비슷한 느낌을 받았다. 뉴스 때문에 남한보다 북한을 더 가까이 느끼는 곳에서 한국에도 지하철이 있느냐, 한국의 문자는 따로 있느냐는 질문을 받았다. 처음에는 분노했다. 그러다 납

득했다. 그들은 나쁜 사람이 아니었다. 단지 모르는 게 많았다. 나 역시 유럽을 자세히 알지 못했지만 지하철이나 문자에 대한 질문은 하지 않았다. 주류를 먼저 챙기는 사회에서 어떤 이야기들은 바깥으로 밀려난다. 가장 나중에 알려진다. 나는 그들에게 한국의 지하철과 한글을 알려주었고 당사자의 이야기로 누군가의 무지를 고칠 수 있음을 조금씩 배워갔다.

나는 여성이다. 국가에서 지정해준 성별이 여성이고 평생 스스로를 여성으로 인식하며 살았는데도 여성이 소수자라는 사실은 가장 늦게 체감했다. 개구리로 요리를 할 때는 끓는 물에 넣으면 급히 튀어 오르기 때문에 물이 끓기 전부터 미리 넣어 천천히 익혀야 한단다. 여성으로서 평생 내가 발 담그고 있던 물이 사실 진창이었다. 나는 평생에 걸쳐 야금야금 요리되고 있었다. 한번 깨달으면 후진은 없다. 나는 요리되는 사람, 이상한 질문을 받는 사람, 비밀을 품은 사람이다. 나는 스스로를 사회적 소수자라고 생각하며 그 사실에 깊은 애증을 품고 있다.

연애 때문에 정체성 고민을 시작했을 무렵, 내가 상상한 소수자들의 삶은 깨진 거울의 세계였다. 거울에 일그러진 얼굴이 비친다. 발밑으로는 날카로운 파편들이 널려 있다. 한 발자국 내딛는 것조차 조심스럽고, 겨우 용기를 내더라도 크게 상처 입고 피 흘리는 삶. 상처, 고통, 자기혐오를 안고 거울을 증오하는 삶.

추측건대 나의 지인들도 비슷하게 생각할 것이다. 사실 지구상에서 한 줌의 인간을 빼면 누구나 소수자라 할 수 있지만 그 사실을 아는 사람은 그리 많지 않다. 그래서 사람들은 나의 삶을 행복보다는 고통과 더 쉽게 연결할지 모른다. 가끔 나를 깊이 사랑하는 사람들의 얼굴에서조차 연민이나 혐오를 읽는다.

그러나 내가 직접 경험하는 매일매일은 깨진 거울보다 과속방지턱에 가깝다. 나는 나의 차를 아끼고 가꾼다. 세상의 규칙과 스스로의 속도에 맞추어, 원하는 곳을 향해 운전한다. 그러다 과속방지턱에 턱, 턱, 걸린다. 운전에 익숙해질수록 과속방지턱의 존재를 재빨리 눈치채게 되어 미리 속도를 늦추거나 피해 갈 수도 있다. 하지만 여전히 과속방지턱을 알아보지 못할 때도 있다. 아주 거친 도로에서는 쿵, 머리까지 찧는다. 운이 나빠 크게 다치는 경우를 제외하면 대체로 견딜 만하다. 잊을 만하면 차가 덜컹거리고 머리를 찧기도 하는, 고통이라기보다는 불편함. 나는 소수자로서의 삶을 그 정도로 인식한다.

내 도로에는 왜 이렇게 과속방지턱이 많은가 하는 생각에 억울해질 때도 많다. 모두에게 공평한 도로라면 좋겠지만 일단 그날이 오기 전까지는 과속방지턱의 좋은 점도 생각해야겠다. 과속방지턱 앞에서 내 차는 느려진다. 그 덕에 쌩쌩 달렸다면 놓쳤을지도 모르는 풍경을 볼 수 있다. 빠르게 달리는 차였다면 치일 뻔한 사람도 내 차 앞에서는 살기도 한다. 내 차는 조금 느리고, 그래서 조금 더 안전하다. 그렇게 믿고 싶다.

나는 나의 정체성과 많이 화해했으며 주로 긍정적이고 대체로 평화롭게 살아간다. 그러면서도 가끔은 화가 나고 슬퍼하고 절망한다. 소수자로서의 나는 다른 사람들만큼, 딱 당신만큼이나 복잡한 사람이다. 삶은 복잡하고 생각은 더 복잡하다. 감정은 끝도 모르게 복잡하다. 누구나 그렇다.

나는 복잡해서 책을 읽었고 책에서 복잡함을 배웠다. 책은 구원이 되어주지는 못했지만, 내 등을 도닥여는 주었다. 지지직거리는 무전기 앞에서 비밀 신호를 기다리는 설렘으로 책을 읽었다. 책 속에 가득한 과속방지턱 이야기, 그 앞에서 일렁인 한 독자의 생각. 그중 어떤 말들이 당신의 복잡함 속으로 파고들 수 있다면 기쁠 것이다.

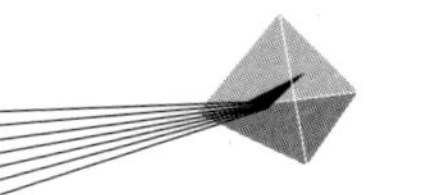

차
례

궁상맞고 매력적인 활동가 라이프

나는 활동가다. 사실상 '일개미 81900' 정도의 역할이라 부끄럽지만, "저는 활동가입니다"라고 소개하면서 부끄럽지 않았던 적이 없으므로 이제는 조금 익숙해졌다. 소수자 인권을 위해 대단한 노력을 기울이고 있지는 않다. 정말 하찮은 정도로 기부하고, 시위도 손에 꼽을 정도로만 나간다. 그래도 활동가라는 이름이 참 좋고 나에게 잘 맞는다고 느낀다.

나는 늘 '돈은 하나도 안 되지만 누군가에게 아주 조금 의미 있을 만한 일'을 계획하고 실행하기를 좋아했다. 머릿속에 아이디어가 넘치지만 정말로 돈이 안 된다. 오히려 내 돈을 써야 하고, 그래서 다른 일로 돈을 벌어야 한다. 이를테면 죽기 전에 반드시 '독서모임을 위한 문학 토론 질문지 사이트'와 '플러스사이즈 댄스팀'을 결성하고 말겠다는 결심과 같은 것이다. 능력 있고 잘나가는 사람보다는 흔히 볼 수 없을 만큼 기괴한 특기를 가진 사람에게 강렬한 호감을 느끼며, 꼭 같이 활동하고 싶어진다. 운이 좋게도 이런 적성을 잘 살릴 수 있는 곳에서 활동하고 있다. 꽤나 궁상맞지만 이상하게 매력적인 삶이랄까.

나는 작은 비영리단체인 무지개책갈피에 소속되어 있다. 우리는 퀴어문학을 소개하고 리뷰를 쓰며 작가, 독자, 비평가, 편집자, 번역가 등 문학에 관심 있는 사람들과 퀴어문학을 주제로 다양한 활동을 한다. 대체로 '저게 의미가 있나?' 하고 누군가 궁금해하면 '우리에겐 의미가 있다'라고 대답하는 정도의 소소한 활동이다. 무지개책갈피의 성과는 이렇게 설명할 수 있다. 누군가에겐 전혀 의미가 없을지도 모르지만 다른 누군가에겐 작은 희망일 수 있는 곳. 전철이 오가듯 퀴어문학에 관심 있는 누구라도 자유롭게 머무르고 떠날 수 있는 곳. 그래서 우리의 정식 명칭도 한국퀴어문학종합 '플랫폼' 무지개책갈피다.

올해로 5년 차가 된 이 단체의 시작은 취미였다. 대학생 시절, 성소수자가 등장하는 문학작품을 일개미처럼 모았다. 당시에는 퀴어문학이라는 말이 없었으므로 지식백과와 해외 사이트를 뒤져서 정리한 200여 편의 작품을 기반으로 무지개책갈피를 만들었다. 책과 관련되었다고는 하는데 출판사도, 서점도, 도서관도 아닌 이상한 단체를 말이다.

문학과 관련된 직업이라면 작가, 연구자, 비평가, 서평가, 출판노동자, 번역가 등 여러 가지가 있겠지만 나는 스스로를 '문학 활동가'로 생각하고 그렇게 소개한다. 굳이 퀴어문학을 소개하는 이유는 그 책을 많이 팔기 위해서이기도 하지만 궁극적으로는 그 책이 많이 팔려서 퀴어인권 신장에 조금이라도 도움이 되기를 희망하기 때문이다. 글을 쓰고 사람들을 만나고 행사를 기획하고 책이나 영상을 만드는 것도 같은 이유다. 문단과 출판계에서 나(혹은 나와 비슷한 이들)의 존재가 너무 오랫동안 지워져 있다고 느꼈으며 그것에 분노했다. 분노가 주요 동력이라는 점도 활동가 정체성에서 중요한 부분이라고 느낀다.

캐시 베일Kathy Bail의 책 《DIY 페미니즘DIY feminism》(1996)에 실린 호주의 페미니스트 작가 수Su의 인터뷰에는 이런 말이 있다. "페미니스트는 개똥 같은 취급을 받고 싶어 하지 않는 여성일 뿐입니다." 나는 문학 속 퀴어가 '개똥 같은 취급'을 받는 것에 이골이 나서 퀴어문학에 대한 글을 썼다. 바로 그 이유 때문에, 정체성을 찾아갈 무렵에 읽었으면 좋았을 책을 모아 소개했다. 무지개책갈피의 성과라는 것이 있다면 한국에 퀴어문학이라는 이름을 꽂아 넣은 것, 글을 읽고 쓰는 퀴어의 존재를 조금이나마 드러나게 한 것이다.

하지만 활동은 참 궁상맞은 것이어서 성과만으로 이어가긴 어렵다. 즐겁지 않으면 몇 년씩은 못 할 일이다. '퀴어문학 활동'이란 기괴한 이름의 매일매일이 참 즐거웠다. 즐겁다. 좀처럼 질리지 않는 게 신기할 정도다. 지난 4년의 활동을 통해 나 자신과 더 화해했고 정말 다양한 사람을 만날 수 있었다. 한 푼도 벌지 못하는 무지개책갈피 활동을 계속하기 위해 활동가 대부분은 주중에는 각자의 일을 하고 주말에 모여서 회의를 한다. 그렇게 5년 가까이 흘렀다. 고등학생이던 활동가가 대학생이 되고, 대학생이던 활동가는 졸업해 직장인이 됐다. 우리는 계속 만나 계속 활동한다. 가끔은 밤을 새우면서도 일한다. 어째서일까?

회의 도중 이따금씩, 이 집단의 구성원들이 신비롭게 느껴져 멍해질 때가 있다. 이들은 자본으로 환산되지 않는 노동을 멈추지 않는다. 이들은 내게, 일 바깥의 노동을 일상의 신성한 의식으로 만들어낸 근현대 작가들을 떠올리게 한다. 19세기의 프랑스 시인 스테판 말라르메는 낮에 일하고 밤에 시를 썼다. 그렇게 일한 작가는 무수히 많고, 사실상 동시대 작가들 중에도 글로만 먹고 사는 사람은 거의 없다. 작가는 글을 쓰는 사람이자, 글을 계속 쓰기 위해 다른 일을 하는 사람이다. 진은영 시인은 말라르메가 밤에 시를 쓴 시간을 '침입의 시간'이라 일컬었다.• 생업 이외의 시간에 글을 쓰는 사람은 화폐로 측정될 수 없는 노동을 하는 침입자다. 근대 노동자의 '노동 시간=황금'이라는 등가성을 거부하는 것이다. 활동가의 노동 역시 작가의 노동과 비슷한 듯하다. 시위 피켓을 만들고, 엑셀을 들여다보고, 홈페이지를 관리하고, 원고를 쓰고… 우리의 지난 몇 년은 황금으로 환산되지 않는 노동이었다.

이상하게 들릴지 모르겠지만, 나는 사직서를 쓰듯 무지개책갈피 활동을 한다. 퀴어문학은 언젠가 사라질 범주다. 이건 예고라기보다는 소망에 가까운 것으로, 태어나지도 않은 존재의 죽음을 활동 이전부터 생각한 셈이다. 터놓고 얘기하지는 않았지만 다른 활동가들 역시 비슷한

• 《문학의 아토포스》(진은영, 2014, 그린비), 145쪽.

생각일 것이다.

최근 우리는 정체성 정치의 한계를 넘어설 수 있는 방법을 함께 고민하고 있다. 퀴어문학은 성소수자에 의한, 성소수자를 위한, 성소수자에 대한 문학일까? 그걸로 괜찮을까? 우리가 이 고민을 해야만 하는 시점에 이르렀다는 사실이 기쁘다. 이 질문에 제대로 답하지 않으면 우리는 사라질 것이다. 당장은 상상하기 어렵지만 언젠가 퀴어문학도 사라질 것이다. 퀴어문학에 대한 이야기가 흘러넘치고 있으며 우리는 함께 변화의 물결 위에서 넘실대고 있다. 나는 오늘도 사직서에 날짜를 쓴다.

조해진은 단편 〈사물과의 작별〉에서 이렇게 썼다. "인간이란 구르는 걸 멈추지 않는 한 조금씩 실이 풀려나갈 수밖에 없는 실타래 같은 게 아닐까." 조금씩 풀리는 것을 알면서도, 우리는 우선 굴러간다. 활동가가 굴러가는 데 필요한 것은 소액의 후원금과 활동가들끼리의 농담, 활동하며 만나는 사람들, 그리고 풀려나가는 실타래를 계속해서 다시 소중히 감싸 안을 수 있게 하는 지속적인 소망 조금. 그거면 된다.

사라질 말을 하고, 없어질 것에 대해 쓴다. 그 사실에 절망하면 살아가기 어렵다. 죽음 앞의 삶이 소중하듯이.

하루키의 단편소설 〈예스터데이〉에 이런 말이 나온다. "지금 당장은 어느 누구에게도 피해를 주지 않는다, 그거면 된 거 아니야? 어차피 우린 지금 당장 말고는 한 치 앞도 모르잖아." 좋은 활동가란 지금을 움직여서 미래를 바꾸는 사람. 그러나 나는 미래를 바꿀 자신이 없는 상태에서 지금을 움직이려 애쓴다. 그 정도면 됐다. 지금은 빠르게 과거로 옮겨가지만 운이 좋다면 '어쩌다' 미래를 건드리기도 할 것이다. 그 정도면 됐다.

그 정도면 됐다, 이것이 일주일 중 적게는 10시간에서 많게는 60시간을 무보수 노동에 쏟아붓는 이유다. 뭐 어떤가. 중국의 시인 베이다오가 말하기를 "비겁함은 비겁한 자의 통행증, 고상함은 고상한 자의 묘비명"이라는데.• 죽는 순간에야 평가될 수 있는 것이 고상함이라면 기왕 사라지는 말 되도록 고상하게 하고 싶고, 기왕 사라지는 삶 가능한 한 재밌고 의미 있는 곳에다 실타래를 흩어놓고 싶다. 그래서 오늘도 사직서에 날짜를 쓴다.

• 같은 책, 181쪽.

가장 부드러운 입구

가족은 고통이다. 식사 자리에서는 새로운 이야깃거리가 없고 함께하는 여행도 이틀이 넘어가면 지겹다. 명절이 진정한 휴식이려면 가족이 없어야 한다. 이렇게 말할 수 있는 데서 스스로의 권력을 실감한다. 나에겐 가족이 있고 그 사실에 감사한 것만큼이나 끔찍함을 느낀다. 하지만 가족이 고통이라는 말에 공감할 사람도 많을 것이다. 특히 대한민국의 가족이 신봉하는 하나의 가치인 '평범함'과 거리가 먼 사람이라면 더더욱.

나의 가족은 불행과 행복의 중간쯤에서 위태롭게 흔들렸다. 나는 한심한 아버지와 불행한 어머니, 무관심한 오빠라는 지극히 '평범한' 가족을 두었다. 외환위기 시대의 피해자인 아버지는 평생 술을 벗 삼았다. 똑똑하고 욕심도 많은데 크고 작은 실패를 너무 많이 겪었다. 그 세대의 많은 남자들이 화를 푸는 방법은 가장 가까이에 있는 가장 약한 사람들에게 넋두리하는 것이었다. 아주 어렸을 때부터 나와 오빠는 아버지의 술주정을 들었다. 한두 번인가 어머니가 맞은 적이 있었지만 당시 막 초등학교를 졸업한 내가 가정폭력에 대응하는 방법을 알 리 만무했다. 나는 이불 안에 웅크리고 누워 아버지가 빨리 죽게 해달라고 기도했다.

그런 남자를 아버지로 둔 것이 나의 가장 큰 불행이었던 것처럼, 그런 남자를 남편으로 둔 것이 어머니의 가장 큰 문제였다. 어머니가 불쌍했다. 빚과 술주정밖에 주는 것이 없는 아버지 때문에 거의 혈혈단신으로 남매를 키워낸 어머니는 아주 강한 여성이었다. 아버지와 황혼이혼을 한 뒤에는 훨씬 편해지셨고 지금은 빚도 거의 다 갚았다. 요즘은 행복하다는 말, 너희를 버리고 떠나지 않아서 다행이라는 말씀을 자주 하신다. 그럼에도 나는 어머니를 연민한다.

연민이란 아주 건방진 감정이다. 연민에는 생각이란 것이 없다. 상대의 입장을 내 멋대로 해석하고는 저 높은 곳에서 바라보며 불쌍하다, 가련하다, 딱지를 붙일 뿐이다. 내가 어머니를 연민한다고 쉽게 말할 수 있는 이유는 내가 어머니와 전혀 다른 사람이라고 생각하고 그 사실에 안도하기 때문이다.

이렇게 말하면 비약이기는 하지만 한국 영화, 드라마, 음악의 50퍼센트가 연애, 나머지 50퍼센트가 가족 이야기다(대개의 경우 섞여 있다). 안타깝지만 나는 연애 드라마에 설레고 가족 영화에 펑펑 우는 사람이다. 온갖 클리셰와 소수자혐오가 범벅이 된 영화 〈7번방의 선물〉이나 〈명량〉 따위를 보며 눈물 콧물 다 뺀다. 그래도 예외는 있다. 드라마 〈인생은 아름다워〉에서 게이인 아들 '태섭'이 어머니에게 커밍아웃하는 장면. "저, 동성애자예요." 그렇게 말하며 우는 태섭을 따라 울지 못했다. 그 뒤에 이어진 "죄송합니다"라는 절절한 사과가 싫어서였다. 나는 우는 대신 모니터를 붙들고 소리쳤다. 사과하지 마, 너 잘못한 거 없어.

김혜진의 장편소설 《딸에 대하여》의 화자는 사회복지사로 일하는 중년 여성이다. 어느 날, 딸이 동성 연인을 데리고 본가에 들어오겠다고 말한다. '딸내미' 커플을 향한 화자의 목소리에는 부드러운 슬픔이 가득 차 있다.

그는 딸을 도무지 이해할 수가 없다. 사실상 이 소설은 그 '이해할 수 없음'에 대한 회한적 고백으로 꽉 차 있다. 누구나 가족에게 느낄 법한 복잡한 심정, 즉 원망과 연민, 안타까움과 그리움과 사랑스러움이 뒤엉킨 덩어리를 흘려낸다. 출간 후 얼마 지나지 않아 베스트셀러가 된 것을 보면 많은 사람들이 화자의 심정에 공감한 모양이다.

퀴어 독자들과 함께 《딸에 대하여》를 읽은 감상을 나눈 적이 있다. 실제 가족들의 생각이 소설 속 어머니와 같을까 봐 커밍아웃을 꺼리게 된다는 의견이 많았다. 말하자면 《딸에 대하여》는 어머니가 자식을 이해하려는 소설이라기보다 자식에게 어머니의 불가해를 설득하려는 소설이다. 퀴어 자식들의 커밍아웃을 응원하는 대신에 머뭇거리게 하는 소설이다. 그 점이 염려스러웠다.

나는 아직 가족 누구에게도 커밍아웃을 하지 않았다. 가장 가까운 존재인 어머니는 나를 성소수자라 의심하면서도 아니기를 간절히 바라고 계신다. 한번은 아웃팅Outing• 의 위기에 처한 적도 있다. 내 방 책장에는 '수상한' 책이 아주 많은데, 《양성애》《너는 왜 레즈비언이니?》《게

• 성소수자의 성적 지향이나 성 정체성이 본인의 동의 없이 밝혀지는 일.

이 스터디즈》《무성애를 말하다》처럼 제목부터 화려한 책들이 버젓이 꽂혀 있다. 어머니 보기에는 보통 이상한 게 아니었던 모양인지 어느 날 갑자기 심문이 시작됐다.

"너, 왜 저런 책들 보냐?"

"어떤 책이요?"

"너도 혹시, 뭐, 성소수자 그런 거냐?"

잠깐 고민했다. 커밍아웃할 절호의 타이밍인가. 지금이 바로 그 순간인가! 솔직히 말하자면 기뻤다. 하지만 어머니는 내게 대답할 틈을 주지 않았다.

"아닐 거라고 생각하지만 혹시 그렇다면 엄마는 인정 못 한다. 비정상이고 더러운 거잖아. 아니지?"

어머니의 다급한 목소리 앞에서 의외로 조금도 화나지 않았다. 무섭지도 않았다. 그 순간 나는 어머니의 공포를 느꼈다. 어머니는 진심으로 내가 '성소수자 그런 것'이 아니기를 바라고 있었다. 성소수자에 대해 어머니가 접한 지식이라고는 모자이크에 음성변조까지 더해진 괴상한 시사 프로나 퀴어문화축제를 반대하는 사람들의 '여자 사위/남자 며느리 반대'와 같은 말 따위가 전부였으므로. 눈앞의 자식이 그런 괴물과 같을 거라고 상상하고 싶지 않았을 것이다. 어머니의 무지가 슬프고 불쌍했다. 역시 나는 어머니를 연민하는 것 같다. 결국 어머니는 그 정도의 어머니고, 나 역시 그 정도의 자식인 것이다. 우리는 불완전한 것까지 똑 닮았다.

성소수자에게 가족은 가파른 산이다. 마음 같아선 넘어가기 싫지만 이미 산 중턱에서 태어난 셈이다. 영차 넘어가는 용자들도 있고, 다 필요 없다며 하산하는 이들도 있고, 나처럼 산 중턱만 맴도는 사람도 있다. 정답은 없다. 누구에게나 가족은 어려운 문제다. 아마 그래서일 테다. 성소수자 부모모임•이 퀴어문화축제에서의 '프리 허그'로 많은 이들의 눈물샘을 자극한 것 말이다. '나의 게이 아들을 사랑합니다' '내 딸은 트랜스젠더입니다' 팻말을 든 부모들이 따뜻한 품을 열었을 때, 안는 사람과 안긴 사람과 지켜보는 사람 모두 울컥했다. 성소수자의 가족이 입을 열자마자, 험난한 산행에 지친 성소수자 당사자들뿐 아니라 사회적으로도 많은 관심이 쏟아졌다.

가족은 사회가 타자를 받아들일 수 있는 가장 부드

• 2013년, 네이버 카페 '성소수자 자녀를 둔 부모모임' 개설을 시작으로 2015년 운영위원회를 발족한 비영리단체다. 자녀의 성 정체성을 알게 되어 고민하는 부모들의 모임으로, 서로의 이야기를 들으며 어디에서도 말할 수 없었던 고민을 털어놓는다. 매월 정기모임이 진행되며, 언제든 후원도 가능하다. https://www.pflagkorea.org

러운 입구다. 가족 이야기는 공감하기 쉬운 만큼 빨리 받아들여진다. 내 가족과 비교하면서 생겨날 수밖에 없는 약간의 부러움과 시샘은 차치하고, 성소수자 부모모임의 존재가 기쁘고 반가웠다. 앞으로 더 많은 가족 이야기가 공유되었으면 하는 바람도 있다. 가능하다면 '평범한 내가 특이한 너를 받아들이겠다'는 일방적 수용의 서사가 아니면 좋겠다. 받아들이는 과정이 얼마나 힘들었는지를 토로하는 내용이 아니라면 더 좋겠다. 평범한 가정이 비평범으로 인해 흔들린다는 것이 핵심은 아니므로. 가족은 큰 고통이지만 서로 애를 쓴다면 그 고통을 위안으로 바꿀 수 있다.

나도 언젠가는 고통스런 산행을 끝낼 수 있을까. 그때 어머니의 손을 잡고 있으면 좋겠다.

당연함의 자리

'나도 당신처럼 평범한 사람입니다. 좋은 일이 생기면 기뻐하고 나쁜 말에는 상처를 받습니다. 나도 꿈을 꿉니다. 결혼을 하고 행복한 가정을 꾸리고 싶습니다. 나도 당신과 똑같은 납세자이며 시민입니다.'

한창 그런 문구로 호소하던 시기가 있었다. 성소수자 하면 (남성) 동성애자밖에 떠올리지 못하던 시기. 동성애자와 항문 섹스와 질병과 마약을 한 몸으로 붙여 생각하던 시기. 퀴어문화축제 참가자의 가장 '문란한' 차림새만 골라 사진을 찍어다가 이것 좀 보세요, 하는 게시글이 인터넷을 도배하던 시기 말이다. 마약은 구할 길을 몰라서 손도 못 대보았고, 항문 섹스의 경험도 없으며, 문란과는 아쉬울 만큼 거리가 먼 삶을 살아온 퀴어 아무개인 나로선 억울해질 수밖에 없었다. 그래서 나도 실수를 했다. 아니요, 저 그런 사람 아닌데요. 저도 당신과 같은 평범한 사람입니다. 그렇게 말해버린 것이다. 내 입으로. 아이고, 세상에.

퀴어와 평범함에 대한 두 가지 풍경을 이야기해보자.

하나, 얼마 지나지 않은 일이다. 한 퀴어영화에 대해 유명한 영화평론가가 이런 식으로 말한 적이 있다. '주인공에겐 동성애적 사랑이 필요한 게 아니고 그 상대방이 필요했던 것이다. 사랑에 빠진 대상이 하필 동성이었을 뿐이다.' 많은 사람들이 분노했다. 동성애를 두고 동성애가 아니라니? 동성애면 동성애지 '동성애적' 사랑은 또 뭐람? 평론가의 긴 해명 글까지 읽어본 지금, 그가 완전히 편견어린 시각에서 말한 것이 아님을 이해한다. 사실 평론가는 그 영화를 만든 감독의 입장을 그대로 빌려 온 것이다. 감독은 두 여성의 사랑을 통해 보여주고 싶었던 것은 무엇이었느냐는 질문에 이렇게 답했다.

"레즈비언 문제라기보다는 사랑에 대한 문제인 것 같다. (…) 두 사람의 사랑을 그려내고 싶었다."•

• "사회적으로 힘없는 이들의 사랑을 그리고 싶었다", 〈씨네21〉, 2015년 6월 9일.

분명 퀴어 연애를 그려내는 데에는 여러 방식이 있다. 〈캐롤〉은 상대가 동성이라는 사실만큼이나 계급이나 나이 때문에 어긋나는 관계의 결에 주목한 영화다. 감독과 평론가는 후자 쪽을 강조하고 싶었던 모양이다. '동성애' 바깥, '두 여성' 바깥의 '사람' 문제. 그래서 '동성애자' 아닌 '사람' 모두가 공감할 법한 문제. '나도 당신과 같은 사람이다' 쪽의 문제 말이다. 그런데 궁금해진다. 동성애자에게서 동성애적인 부분과 아닌 부분을 나눌 수 있을까? 만약 그렇다면, 그 기준은 누가 어떻게 정할까?

둘, 더 최근의 이야기다. 여러 문예지에서 많은 퀴어문학이 발표되는 현상에 대해 어느 유명한 문학평론가는 다음과 같은 요지의 이야기를 했다. '어느 소설을 퀴어문학으로 지칭하는 것이 촌스러운 일이 되어가고 있다. 퀴어는 유별나고 색다른 것이 아니다. 나와 같은 존재다. 우리는 공유하는 것이 아주 많다.' 그는 나의 요약보다 훨씬 더 멋진 언어를 사용하면서 단숨에 퀴어를 자신과 같은 위치로 끌어당기고 있었다. 그러나 조금도 반갑지 않았다. 나는 정말 당신과 같은가? 당신은 어째서, 어떤 입장에서, 우리가 같다고 말하는가. 그렇게 '인정'해주는가. 퀴어 아닌 이들이 '나는 퀴어가 아니다, 하지만'으로 시작하는 이야기에는 예의를 가장한 선 긋기 권력이 숨어 있다.

퀴어영화를 퀴어영화로, 퀴어소설을 퀴어소설로 부르지 않으려 하는 두 평론가의 견해에는 공통적인 생각 하나가 숨어 있다. 퀴어가 아주 특수한 소재라는 것이다. 퀴어의 이야기는 특수한 이야기, 퀴어의 사랑은 특수한 사랑. 바로 그렇기 때문에 '퀴어는 별다른 게 아니다'라는 이야기로 이어지는 이런 생각은 '이걸 퀴어로만 부르지 말자'는 이상한 결론에 다다르게 된다. 왜 그들은 퀴어 서사에서 퀴어하지 않은 것을 찾아내려 애쓰는 걸까? 어째서 퀴어 독자들이 아니라 퀴어 아닌 독자들이 공감할 만한 부분을 설득하려는 걸까?

결국 이것은 당연함에 대한 이야기다. 어떤 사람들의 당연함은 시스젠더 – 이성애 – 유성애 – 일대일 성애 관계다. 그것이 '당연한' 중심으로 여겨지기 때문에 나머지는 자연스레 주변으로 밀려난다. 아주 오랫동안 굳어진 당연함이다.

커밍아웃을 하고 난 뒤, 일상에서도 비슷한 시선을 느낀 적이 있다. 나는 직장과 가족을 제외한 대부분의 사적 관계에서 커밍아웃을 했다. 편하게 연애 사실을 밝히고 싶어서다. 결과는 나쁘지 않았지만 걸림돌은 여전했다. 시스젠더 - 이성애 - 유성애 - 일대일 성애 관계가 당연한 친구들은 나의 연애를 자신들의 중심으로 끌어들이려 했다. 애인이랑 연락이 잘 안 된다고 속상해했더니 "너네도 똑같네"라는 말이 돌아왔다. 순간 할 말을 잃었다. "그럼 똑같지" 하자니 다른 부분이 너무 많아서 억울했고, "안 똑같은데" 하자니 예의가 아닌 것 같았다.

한번은 애인과 커플 잠옷을 맞춰 입고서 사진을 찍었다. 이성애자 친구들에게 그 사진을 보여줬더니 눈이 휘둥그레져서는 "보배가 하늘색이네?"라고 물었다. 아무 생각 없이 "응" 하고 대답했는데 나중에 가서야 그 질문의 뜻을 이해했다. 친구는 내가 하늘색, 애인이 핑크색인 것을 보고 '보배가 남자 역할이네?' 하고 물은 것이었다.

문득 그림 하나가 생각난다. 젓가락과 젓가락이 연애를 하는데, 포크와 숟가락 커플이 "너희 중 어느 쪽이 포크야?" 하고 묻는 그림이다. 황당해하는 젓가락의 표정이 일품이다. 젓가락 입장에서는 함부로 포크와 동일시하는 게 이상하기도, 기분이 상하기도 할 것이다. 나의 입장에서 타인과 같고 다름을 이야기하는 것은 위험하다. 같다고 보면 다 같고, 다르다고 보면 다 다르다. 그러니 기왕이면 후자 쪽을 중요시해야 하지 않을까. 함부로 타인의 중력을 일그러뜨려선 안 된다.

1년 동안 '여자 되기'를 '실험'한 남성 작가의 책이 있다.《지구에서 여자로 산다는 것》의 저자 크리스티안 자이델은 평범함에 대해 이렇게 말했다.

> 그것은 습관에서 나오고 순전히 주관적으로 정의된다. (…) 자주 하면 그것이 평범한 일이 된다. 그것은 가상의 것이고 빈도, 습관, 익숙함 따위의 매우 통속적인 요소에 좌우되어 점차 우리의 머리에 (잘못) 형성된 것이다.•

평범함은 습관에서 만들어지는 매우 주관적인 결과물이다. 퀴어인 나의 평범함은 세상의 평범함과 조금 다르다. 그렇다고 특별함도 아니다. 나의 일상은 평범함과 특별함 사이의 끝없는 긴장으로 가득 차 있다. 나의 특별함을 당연함으로 느끼는 사람도, 나의 당연함을 특별함으로 느끼는 사람도 있을 것이다. 그러니 '당연' '평범'이란 단어를 함부로 쓰면 곤란하다. 타인은 나와 같지 않다.

• 《지구에서 여자로 산다는 것》(크리스티안 자이델, 배명자 옮김, 지식너머), 238쪽.

복잡함을 사랑할 것, 아멘

예전의 나는 매주 교회에 갔다. 가족을 따라간 것이었으니 흔히 이야기하는 '모태 신앙'이었다. 정규 예배뿐 아니라 성경학교, 성가대와 청소년부 활동까지 빠짐없이 참여했다. 그러다 중학생 시절, 처음으로 종교에 의문을 갖게 됐다. 기도회 캠프에서였다.

수백 명의 사람들이 모인 강당, 고급 정장을 차려입고 연단에 선 전도사는 '성령'이 임하여 방언이 터진 사례를 홈쇼핑처럼 자랑했다. 집중 기도 시간이 되어 큰 목소리로 아버지 하나님을 외치는 수백 명의 목소리 사이에서 나는 멍하게 서 있었다. 수많은 사람들이 하나의 확신만을 공유하는 그 자리가 무서웠다. 당연한 결과겠지만 나에게는 성령이 오지 않았다. 푸른빛을 보거나 방언이 터진 경험도 없다.

자연스레 교회에 가지 않게 된 이후로도 이십 대 초반까지는 스스로를 기독교 신자라고 생각했다. 1인 교회 같은 느낌으로 혼자 찬송하고 기도했다. 좋은 일이든 나쁜 일이든 신의 뜻으로 돌리면 마음이 편했다. 그러다 성경을 읽었다. 구약성서 속의 신은 사람을 죽이는 데 골몰하는 전쟁의 신이자, 남자와 그의 아들들을 기준으로 역사를 써 내려가는 가부장의 신이었다. 내가 믿는 신과는 너무 달랐다. 성경은 신의 말씀을 적어놓은 기록이라기보다는 고루한 지침서라는 사실을 깨달았다. 성경을 읽고 난 지금, 나는 무교다. 종교는 술 담배 같은 것으로 개인의 기호품과 비슷하다. 나는 술을 마시고 담배도 피우지만 종교는 가지지 않기로 정했다. 적어도 지금은 말이다.

소수자를 가장 먼저 품어야 할 것 같은 종교가 어째서인지 소수자를 배척하는 데 앞장선다는 의혹이 짙다. 물론 종교를 가진 모든 사람들이 그렇지는 않다는 점에서, 이건 사실이 아니라 '의혹'이다. 하지만 종교와 소수자의 관계는 늘 껄끄러웠던 것도 사실이다. 아직도 종교를 이유로 동성애자와 트랜스젠더를 살해하는 나라가 있고, 교회에서 단체로 모집된 이들이 퀴어문화축제에서 혐오표현이 적힌 팻말을 든다. 종교를 가진 소수자들의 입은 자연스레 닫힌다. 소수자 친화적인 교회나 종교단체의 이름이 따로 거론된다는 것은 종교 커뮤니티의 대부분이 소수자 친화적이지 않다는 사실을 보여준다.

교회를 의심하면서도 기도는 끊을 수 없던 시절에 읽은 책이 있다. 지넷 윈터슨의 장편소설 《오렌지만이 과일은 아니다》였다. 거의 최초로 읽은 본격 퀴어문학이었다. 작가의 경험을 바탕으로 한 이 소설은 '극성' 기독교 집안에서 태어나 자란 레즈비언 청소년 '지넷'의 이야기를 다룬다. 교회 일로 바쁜 주인공 지넷의 어머니는 늘 이렇게 이야기한다. "오렌지야말로 유일한 과일이지." 지넷의 가족은 유일무이하고 절대적인 존재에 신념을 품고 있다.

그러나 우연히 한 소녀와 사랑에 빠지게 되면서 지넷의 절대 왕국은 흔들리기 시작한다. 지넷은 그동안 아무 의심 없이 받아들여왔던 종교와 종교를 향한 어머니의 신념에 의문을 품기 시작한다. 두 소녀가 사랑하는 것이 어째서 죄악일까? 어떤 사랑은 옳고 어떤 사랑은 그르다는 것을 누가 어떻게 판단하는 걸까? 이 소설의 제목으로도 유추할 수 있듯 지넷은 깨닫는다. 오렌지만이 과일은 아니라고. 세상엔 수많은 과일이 있고 각각의 맛이 다르듯 사람도 마찬가지라는 사실을 말이다. 결국 지넷이 배운 것은 모든 게 너무도 복잡하다는 사실이다.

종교와 복잡함에 대한 좋은 소설이 하나 더 있다. 윤이형의 단편소설 〈루카〉다. 이 소설에서는 세 명의 등장인물이 삼각형 구도를 이룬다. 게이이면서 퀴어인권운동가인 '딸기'와 그의 전 애인 '루카', 그리고 루카의 목사 아버지. 목사 아버지의 게이 아들이라니 신파로 흘러갈 수도 있을 법하지만 소설은 세 사람의 관계에 내포된 복잡함을 그리 쉽게 흘려보내지 않는다. 목사인 아버지는 자신의 신앙을 의심하고, 딸기와 루카의 관계 역시 어지러이 흔들린다. 결국 아무도 누군가를 사랑으로 구원할 수 없는 복잡한 관계가 만들어진다. 〈루카〉의 세 인물이 만들어내는 삼각형 안에는 늪이 있다. 절대성을 의심하고 복잡함을 신뢰하는 나 같은 독자는 그 늪 속으로 깊이 발이 빠진다.

다른 책 이야기도 할 수 있겠다. 재미 삼아(?) 혐오세력의 책을 읽어본 적이 있다(그분들은 책도 열심히 내는 편이다). 주로 '동성애의 실체를 말하다'와 같은 제목에 각종 통계와 기사를 짜깁기한 비문학 서적이 많은데 웬걸, 소설책이 나왔다기에 호기심에 읽어봤다(물론 사지는 않고 빌려 봤다). 점점 신앙심이 사라지고 동성애가 '만연'해지는 사회를 아포칼립스적으로 그려낸 그 소설은, 한마디로 '데스노트'였다. 소설 속에서 너무 많은 사람이 죽었다. 그 소설 속의 동성애자들은 어째서인지 자꾸만 살인자로 둔갑했다. 가족, 친지, 어린아이까지 무자비하게 살해하는 동성애자가 등장하는 이야기를 읽으며 나는 동성애자가 아니라 작가가 무서워졌다. 더 정확히 말하자면 그의 혐오가. 그는 정말로 퀴어를 그렇게 생각하는 걸까. 퀴어인권신장이 세상을 그렇게나 끔찍하게 바꿀 것이라고, 진심으로 믿는 걸까. 그의 눈에 나는 정말 그런 사람인 걸까.

미국의 대표적인 여성주의 철학자 아이리스 매리언 영의 말을 빌리면, '혐오는 침투에 대한 두려움'이다. 주체는 외부에 해당하는 타자를 혐오하고 적극적으로 추방하지만, 동시에 내부가 외부가 되어버리는 경계, 즉 배설 경로 때문에 혼란에 휩싸인다. 그래서 가장자리, 주변부는 위험하고 두려운 것으로 그려진다. 항문 성교에 대한 포비아들의 노골적인 거부감 역시 몸의 침투성에 대한 두려움 때문이라는 영의 분석은 흥미롭도록 정확해 보인다. 결국 혐오세력이 두려워하는 것은 침투다.* 이쯤에서 변명처럼 이야기할 수 있겠다. 걱정 마세요, 저는 당신을 죽이지 않습니다. 저는 살인자가 아닙니다. 저를 살인자로 만들지 말아주세요.

지금의 나는 무교지만 나이가 들면 다시 종교에 귀의할지도 모르겠다. 종교가 주었던 위로가 그만큼 정확했기 때문이다. 언젠가 스웨덴의 한 교회에 간 적이 있는데 그곳에는 커다란 오르간이 있었다. 예배에 참석한 사람들 모두가 노인이었고, 그들은 느닷없이 교회에 찾아온 젊은 아시안 여성에게 신기하다는 시선을 던졌다. 그러나 예배가 시작되자 그 시선들은 곧 사그라졌다. 그들과 함께 포도주와 바삭한 빵을 먹고 오랜만에 기도를 했다. 나와 그들의 신은 형식적으로는 다르지만 궁극적으로는 같을 것이라 생각했다.

신이 사람을 만들었다면, 사람을 이렇게나 복잡하게 만든 데는 이유가 있을 것이다. 타인의 복잡함은 항상 나의 작은 몸을 뛰어넘는다. 사람은 사람을 이해할 수 없다. 우리는 그저 서로의 복잡함을 애정 어린 시선으로 들여다볼 수 있을 뿐이다. 복잡함을 사랑할 것. 나에게 남은 신의 마지막 메시지다.

• 《혐오와 수치심》(마사 너스바움, 조계원 옮김, 민음사, 2015), 211~212쪽.

그냥 연애, 혹시 결혼

운이 좋았다. 다정하고 똑똑하고 예쁜 사람들과 다정하고 똑똑하고 예쁜 연애를 했다. 말랑한 알몸을 맞대고 우스운 농담을 주고받았고, 서로의 긴 머리를 말려주었고, 생리 이야기를 하며 깔깔 웃었다. 자랑할 것이 별로 없는 내 안에서 그나마 따뜻한 부분을 골라보면, 대부분 그 다정한 사람들에게서 선물받은 것이다. 예상치 못한 일이다. 내가 다정한 연애를 원하거나 할 수 있는 사람인 줄 몰랐다.

나에겐 로맨스 기피증이 있다. 드라마, 영화, 소설을 막론하고 연애가 주가 되는 이야기를 끔찍해하는 병이다. 사실 그렇지 않나, 내 연애 나에게나 중요하지. 그래도 가끔은 억울해진다. 세상이 들려주는 것은 시스젠더-이성애-일대일의 연애/결혼 이야기뿐이라서. 조금 다른 사람(들)과 연애를 하거나 하지 않거나 하고 싶지 않다는 이야기도 필요하지 않나.

이야기하는 김에 결혼도 꺼내볼까. 결혼 공화국의 결혼 적령기 여성이다 보니 종종 결혼에 대한 질문을 받는다. 동성혼 법제화가 뜨거운 감자가 되면서 퀴어 친구들과도 결혼을 주제로 이야기할 때가 많아졌다. 예전에는 '결혼을 뭣하러 하지, 결혼제도 따위 무지몽매한 이성애자들이 만들어낸 고루한 라이프 스타일이지' 하며 단호하게 생각 없다고 답했지만 지금은 결혼에 대한 소망이 강해졌다. '하고 싶다'까지는 아니어도 '해도 좋겠다' 정도로는 변했다. 이따금 생활의 형태로 결혼을 상상하곤 한다. 반려동물과 파트너와 함께 장기적으로 꾸려가는 삶. 나의 내일이 상대의 내일과 당연하게 겹쳐지는 삶 말이다. 침실은 하나이되 각자의 공간이 있길 바란다. 멀지 않은 곳에 퀴어 공동체가 있으면 생활 집기나 음식을 나누기에도 좋겠다. 동거 형태도 좋고, 가능해진다면 서류상의 결혼도 좋다. 이유는 오직 하나, 제도적인 혜택이 많기 때문이다.

결혼식에 대한 로망도 있다. 사랑하는 사람들과 맛있는 음식을 만들어 먹는 피로연을 하고 싶다. '스몰 웨딩'

에 대해서만큼은 엄마의 동의도 얻었다(상대가 여자일 수도 있다는 생각은 못 하시는 것 같지만). 파트너와 함께 편하고 자신 있는 옷차림으로 꾸미고서 꽃과 반지를 교환하며 사랑의 약속을 나누고 싶다. 나는 웬만한 주례사보다 길고 휘황찬란한 서약을 바칠 자신이 있다. 그러나 아직은 먼일 같기만 하다.

한 줌의 연애 경험과 결혼 소망이 있는 내가 참고할 만한 퀴어 연애 이야기가 적은 것은 아니다. 퀴어 서사 중에서도 가장 큰 몫을 차지하는 것이 연애/결혼 이야기다. 여성 퀴어 서사만 해도 영화 〈연애담〉이나 〈가장 따뜻한 색, 블루〉, 소설로는 최은영의 단편 〈그 여름〉과 박민정의 〈아내들의 학교〉처럼 하이퍼 리얼리즘(!) 작품들이 있다. 그러나 재미나 의미와는 별개로 결말이 어두워서 나 자신의 미래로 꿈꾸기에는 아무래도 슬프다. 그래서 아무도 묻지 않은 질문에 멋대로 답해보려 한다.

"앞으로의 파트너와 어떤 삶을 꿈꾸시나요?"

"저는《오후 3시 베이커리》처럼 살래요."

아는 이보다 모르는 이가 더 많을 것 같은, 작가 이연의《오후 3시 베이커리》는 영화도 소설도 아닌 동화다. 열세 살 '상윤'이 새엄마의 '오후 3시 베이커리'에서 만나는 다양한 가족의 형태를 통해 가족의 의미란 무엇인지를 이야기하는 작품으로, 보기만 해도 빵 냄새가 풍기는 것 같은 고소한 일러스트를 함께 즐길 수 있다. 상윤이 만난 가족 중에서도 나를 울린 가족은 노년기의 레즈비언 커플이었다. 상윤이 '검은 할머니'와 '하얀 할머니'라고 부르는 두 사람은 몇 십 년을 함께 살았으며 어린 상윤의 눈에도 서로 사랑하는 사이로 보일 만큼 애틋하다. 하지만 검은 할머니가 중환자실에 입원했을 때 하얀 할머니는 가족이 아니라는 이유로 면회를 거절당하고, 상윤은 왜 두 사람이 가족이 아니라는 건지, 가족은 누가 정하는 건지를 고민한다.

내가 할머니가 될 즈음이면 조금은 변해 있을까. 사회가 정의하는 가족에 침을 뱉으면서, 팔짱을 끼고 책을 읽고 서로를 지긋이 바라보며 나의 가족을 만들어가고 싶다. 동네 빵집 아들내미 보기에도 마냥 사랑하는 사이 같은 다정한 가족 말이다.

동화 속 할머니들처럼 다정하게 늙어가실 분 찾습니다. 제가 잘할게요.

네, 그것도 혐오가 맞습니다

내 안에서 퀴어와 가장 가까이 붙어 있는 단어는 혐오범죄다. 어째서일까. 그 사실이 아주 의아하게 느껴질 만큼 나는 제법 평화로운 삶을 살아왔다. 하지만 이렇게 말하는 게 잘못인 것처럼 느껴진다. 내가 피해자가 아니었을 리 없다. 얻어맞거나 면전에서 욕을 들은 적이 없다고 해서 안전하다고 착각해서는 안 된다. 어쩌면 퀴어에게 가해지는 혐오는 더없이 촘촘하고 일상적이어서 나 역시 당연하게 받아들여왔는지도 모른다. 공격받을지도 모른다는 가능성은 그저 일상이었으므로.

흔히 떠올리는 혐오범죄의 유형은 물리적 폭력이다. 퀴어인권운동은 뉴욕의 퀴어바bar '스톤월 인'을 급습

한 경찰의 폭력적인 검문에 대항하면서부터 시작됐다. 1969년의 일이다. 그러나 50년이 지난 지금도 우리는 여전히 혐오세력의 공격에서 안전하지 못하다. 혐오세력의 공격은 매년 퀴어문화축제에 출근해 각종 피켓과 확성기로 언어폭력을 일삼는 것이 전부가 아니다. 수많은 괴롭힘, 폭력과 살해가 가시화되지 않은 채 자행되고 있다. 카메라 바깥, 펜 주변에 위치한 몸과 마음의 죽음들. 우리는 혐오범죄로 스러져간 생명을 충분히 애도하지 못했고, 미래의 공격에도 대비되어 있지 않다. 그래서 혐오범죄를 다룬 소설을 스펙터클로 소비할 수가 없다. 여성이나 성소수자라는 이유만으로 다치거나 죽는 사람들의 이야기는 나에게 이렇게 말하는 것만 같다.

'너는 운이 좋았을 뿐이다.'

2016년의 강남역 여성혐오 살인사건이 그랬고, 올랜도 게이바의 총기 난사 사건이 그랬고, 내가 태어나기 전에 벌어진 스톤월 검문도 마찬가지다. 나는 운이 좋아서 살아 있을 뿐이다. 어떤 소설은 다치고 죽는 이야기를 스펙터클로 소비하지 않고 나와 같은 독자를 정확히 겨냥하며 이야기한다. 운이 좋아 살아남은 우리에겐 해야 하는 이야기가 있다고. 프리모 레비는 "책은 잘 작동하는 전화기가 되어야 한다"라고 말했다.• 실제로 벌어지고 있음에도 자주 잊히는 이야기가 전화로 걸려 온다. 흔하디흔한 통화 한 번. 그러나 운이 좋다면, 우리는 그 통화를 오랫동안 기억할 것이다.

'꼭 읽어야 하는 여성소설'이란 평과 함께 지인에게 추천받은 책이 있다. 글로리아 네일러의 《브루스터플레이스의 여자들》이다. 20세기 중반, 미국 북부 도시의 빈민가를 배경으로 여러 흑인 여성들의 삶을 조명한 소설이다. 아무 생각 없이 든 수화기 너머, 절절한 목소리가 이어졌다. 고통 때문에 두 번 읽기가 두려운 책이 있는데 이 책이 그랬다. 특히 여성 커플인 '로레인'과 '테레사' 때문이었다.

작가는 '레즈비언 커플과 그들을 차별하는 이웃'이라는 단순한 대립 구도를 용납하지 않는다. 로레인과 테레사는 오랜 시간 함께 동거한 커플임에도 서로를 이해하지 못한다. 그들의 이웃 중에도 둘을 노골적으로 경멸하는 사람이 있는가 하면, 경멸을 속으로 삼키며 상냥한 태도를 취하는 사람도 있다.

어느 날 밤, 동성애를 혐오하는 마을의 불량배와 맞

• 《정동 이론》(멜리사 그레그 외, 최성희 외 옮김, 갈무리, 2015), 153쪽.

닥뜨린 로레인은 "네년에게 필요한 것은 바로 이런 거야" 라는 말과 함께 '교정 강간Corrective rape'•의 피해자가 된다. 소설로 읽기에도 끔찍한 이야기지만 지금 이 순간 현실 세계에서도 빈번히 일어나는 일이기 때문에 여기서 소설 속 사건을 자세히 설명하고 싶은 마음은 없다. 다만 《브루스터플레이스의 여자들》을 추천해준 지인의 '꼭 읽어야 하는 여성소설'이란 평에 동의하며 한마디를 덧붙여본다. 브루스터플레이스에도 우리들이 산다.

얀 마텔의 《셀프》 역시 《브루스터플레이스의 여자들》과 비슷하다. 추천하자니 조심스럽고 추천하지 않자니 아깝다. 성폭력 장면이 길고 자세하게 다뤄지기 때문이다. 이 소설은 성폭력 장면을 가해자 중심의 시각에서 서술하지 않는다. 그러기 위해서 작가는 한 페이지를 두 구역으로 나누어 한쪽에는 피해자가 '살아남기 위해' 가해자의 비위를 맞춰주는 장면을, 다른 한쪽에는 피해자의 속마음을 함께 보여준다. 성폭력 장면을 이 소설만큼 치열하게 그려낸 작품을 보지 못했다. 그만큼 고통스럽기 때문에 성

• 성적 지향 또는 성 정체성으로 인해 강간을 당하는 혐오범죄. 이러한 범죄의 의도는 대부분 피해자를 이성애자로 만들거나 사회적으로 요구되는 성 역할에 순응하게 만들기 위해서라고 진술된다.

폭력 피해 생존자는 물론이고 폭력적인 장면의 묘사를 힘들어하는 사람들에게도 권하기 어렵다. 그래도 나는, 이 전화를 받아서 정말이지 다행이라고 생각한다.

하지만 아무래도 조심스럽다. 성폭력 피해 생존자가 아닌 내가, 이 이야기를 조금도 스펙터클로 소비하지 않았다고 확언할 수 있을까? 다만 나는 나의 이야기를 할 수 있을 뿐이다. 내가 느끼고 경험한 혐오에 대해서. 별것 아닌 것처럼 보이고 기사화될 가능성도 거의 없는, 지극히 일상적인 위협들을 말이다. 미리 말해두고 싶다. 지금부터의 사례는 모두 혐오가 맞다.

나는 여중을 다녔다. 같은 반 친구가 첫사랑이었다. 고백을 했는데 무참히 차였다. 그 친구에게 썼던 편지를 찢어버리고 밤을 새워 우는 것이 고통의 최고치일 거라 생각했다. 하지만 고통보다 큰 공포가 찾아왔다. 소문이었다.

"재, 레즈래."

그런 말이 욕으로 쓰이던 시기였다. 내가 고백했던 친구는 자신의 가까운 친구들에게 그 이야기를 털어놨고 그때부터 소문이 떠돌았다. 나는 소문의 존재를 알지 못했다. 한 친구가 내게 직접 묻기 전까지는.

"너, 개한테 고백했다며?"

15년쯤 전의 일이다. 그러나 지금도 내게 물었던 친구의 표정과 목소리를 생생하게 떠올릴 수 있다. 심장이 쿵 떨어졌던 것도 기억한다. 그때와 같은 상황이 지금 벌어진다면 조금 더 여유롭게 대처할 수 있겠지만(맞는데, 그게 뭐 어때서? 걔는 그걸 소문내고 다니나 보네?) 그 당시의 나에게는 그런 여유가 없었다. 그래서 웅얼웅얼 말을 얼버무렸다.

"아닌데. 누가 그래?"

그 뒤로도 몇 번이고 비슷한 경험을 했다. 커밍아웃하기 전까지 내가 아는 유일한 방어는 나의 정체성을 부정하는 것이었다. 어쩌면 그랬기 때문에 한 번도 물리적인 공격을 받지 않았는지도 모른다. 만약 열네 살의 내가 친구의 질문에 고백한 게 맞다고 대답했다면 어떤 결과로 이어졌을까. 무사히 넘어갔을 수도, 끔찍한 폭력의 피해자가 되었을 수도 있다. 결과를 예측할 수 없으니 위험한 도박이다. 학교라는 공간에서는 더욱 그렇다.

성소수자에게 가해지는 가장 흔하고 위협적인 공격은 소문이다. 재네 사귄대, 재가 게이래, 재 옷 입은 것 좀 봐, 수군거리는 말들의 조준. 그래서 나는 지금도 사람을 골라가며 커밍아웃을 하고 가족에게나 직장에서나 쉬이 말할 생각이 없다. 주위에 함부로 커밍아웃을 권하지도 않는다.

한편 트랜스젠더인 내 친구에게 가장 일상적인 공격은 시선이다. 체구가 작은 남성으로도, '보이시한' 여성으로도 오해받는 그는 공중화장실에 갈 때가 제일 귀찮다고 말했다. 여자화장실에서도 남자화장실에서도 사람들의 의아해하는 시선을 느낀다는 것이다. 개중에는 '잘못 들어오셨다'고 말하는 사람들도 적지 않단다. 여자 아니면 남자, 둘밖에 모르는 화장실의 세계에서 친구의 존재는 충분히 '여자 같거나 남자 같지' 않은가 보다. 이는 맞거나 욕을 듣거나 살해당하는 것보다 사소한 문제일까? 친구는 (내가 보기에는) 대체로 건강하고 밝게 지내는 것 같으니 크게 걱정할 일은 아닌 걸까?

소문과 시선은 우리를 미시적으로 검열한다. 안전하고 싶으면 더 숨으라고 말한다. 벽장 안으로, 때로는 가면 속으로. 고통은 저울질할 수 있는 것이 아니다. 굳이 저울질한다면 누구나 자신의 고통이 제일 크다. 존 밀턴도 말하지 않았나. "어느 쪽으로 피하든 지옥, 자신이 곧 지옥일 뿐"이라고.* 그러니 나는 나의 고통을 말할 것이다. 당신도 그러면 된다. 우리, 크고 작은 고통을 많이 말하자. 고통을 나눈다고 반이 되진 않겠지만 적어도 같이 아파할 수는 있다.

• 《실낙원》(존 밀턴, 이창배 옮김, 범우사, 1999), 제4편 75~78행.

경멸을 기르고 있습니다

오늘보다 내일 더 사랑한다는 어느 부부의 말, 매일 웃으면 더 행복해진다는 어느 명사의 말에 나는 공감하지 못한다. 매일같이 순수한 행복을 느끼던 시절이 내게도 있었다. 오늘도 살아 있어, 오늘도 건강해, 오늘도 걷고 웃고 말할 수 있어! 장애혐오와 딱 붙어 있던 나의 행복은 거대한 허상이었다. 부모님이 부쳐주는 돈으로 흥청망청 놀기만 했으니 행복한 게 당연했다. 나중에 어머니는 내가 가장 행복했던 그 시간 동안 자신은 너무나 불행했다고 고백했다. 어머니의 불행을 나의 행복으로 바꾸고 있었던 것이다. 지금 나에게 행복이란 그런 의미다. 내가 행복한 만큼 누군가 불행해지는 시소게임.

삶의 목표가 행복이 아니라면, 사람은 왜 살아가야 하는 걸까? 나도 모르겠다. 생존에 급급해서 삶의 이유를 생각할 틈이 없다. 임금노동자로 주 5일을 일하면서 맛있는 음식과 예쁜 물건에 돈을 쓴다. 주말에는 의미 있다고 생각하는 일을 위해 무급노동을 한다. 돈과 시간을 쓰면서 느끼는 소소한 만족감이 지금의 삶을 굴리는 가장 큰 원동력이다. 이런 삶이어도 괜찮을까 싶지만 이런 삶이어서 안 될 이유는 또 무엇일까 싶다.

그리고 또 다른 원동력이 있다. 타인에 대한 경멸이다. 정확하게는, 닮고 싶지 않은 사람을 아득바득 경멸하는 것. 내게는 도무지 롤 모델이랄 것이 없다. '저 사람처럼 되고 싶다'는 없는데 '저 사람만큼은 되기 싫다'는 넘친다. 사실상 그런 경멸이 모든 선택을 결정했다. 다행스럽게도 세상에는 경멸할 사람이 발에 챌 만큼 많다. 통장에 29만 원밖에 없다는 전 대통령이나 국밥 먹고서 강을 뒤집어엎은 전 대통령이나 구속되는 순간까지 한결같은 언사를 뽐내신 전 대통령만이 아니다. 모든 이야기가 돈으로 시작해 돈으로 끝나는 직장 상사, "보배 씨 혹시 페미니스트야? 평등 좋지. 그런데 나는 남자친구 말은 다 들어주는 사람이라"라는 명언을 남긴 직장 동료, 수많은 빈자리를 놔두고 굳이 임산부를 위한 좌석에, 그것도 다리를 쫙 벌리고 앉은 지하철 승객, 하나도 궁금하지 않은 통화 내용을 큰 목소리로 중계하는 행인, 도서관에서 함께 보는 책에 밑줄을 긋거나 낙서를 하는 이용자, 허락 없이 남의 반려견을 만지려 들고, 개가 놀라서 짖으면 욕하는 사람, 방금 전까지 혐오세력을 욕하던 입으로 "짱깨 새끼들"이라고 해서 귀를 의심하게 했던 퀴어 친구, 기타 등등…. 셀 수도 없이, 사실상 거의 매일, 매 순간 찾아오는 불편함.

가끔 궁금해진다. 퀴어페미니스트가 아니었다면 아무렇지 않았을까. 그들을 불편해하는 대신 세상을 좀 더 '따뜻한' 눈으로 바라볼 수 있었을까. 그러면 나는 더 '행복'할 수 있었을까. 알 도리가 없다. 나는 화분에 약간의 불편함을 감지할 수 있는 씨앗을 심었다. 그것은 불편함을 햇빛 삼아, 경멸을 물 삼아 무럭무럭 자라난다. 어느새 거대하게 자라서 나를 반쯤 집어삼켰다. 아름답고 무서운, 나의 식인식물.

사실 경멸은 나르시시즘과 닮았다. 울퉁불퉁한 거울 앞에 서서 타인보다 내가 낫다고 평가한다. 하지만 헤르만 헤세의 《데미안》에 나오는 구절처럼 "우리 내면에 없는 것은 우리를 자극하지 않는 법"이다. 결국 내가 경멸하는 이들에게서 보는 것은 사실 내가 가장 싫어하는 나 자신의 모습이다. 헤세의 소설은 늘 거울 같았다. 나를 집어삼킬 것처럼 비틀린 거대한 거울. 내가 기르는 경멸의 나무와 헤세가 만들어낸 인물들이 비슷하다는 생각이 든다.

《데미안》은 '나'로 시작해 '나'로 끝나는 소설이다. 주인공 '싱클레어'는 종교와 도덕적인 삶을 상징하는 아버지의 집에서 벗어나 진정한 '나'를 찾기 위해 분투한다. 그 과정에서 '데미안'을 만난다. 싱클레어의 자아 찾기 여정을 돕는 조력자이자 싱클레어의 또 다른 자아인 데미안은 카인과 아벨의 이야기를 새롭게 해석하는 법을 알려주면서 싱클레어의 인식을 바꾼다. 무엇이든 다르게 볼 수 있으며 비판의 여지가 있음을 알려준 것이다. 식인식물의 씨앗을 심어준 셈이다.

고리타분한 규범적 세계를 깨버려라. 알에서 깨어나라. 나는 나의 세계를 새로 만든다! 《데미안》을 읽을 때 나는 고릿적 싸이월드에 쓴 일기를 들킨 것만 같은 부끄러움에 시달렸다. 이 정도로 거울의, 거울에 의한, 거울을 위한 소설을 본 적이 없었다. 데미안과 입 맞추며 하나가 되는 결말까지 완벽하게 부끄러웠다. 다시 말하지만 경멸은 나르시시즘과 닮아 있다. "데미안이 저의 인생 책입니다"

라고 말하는 사람을 멀리하는 나에게는 《데미안》을 읽고 가슴이 저릿저릿했던 내면의 '데미아니즘'이 숨어 있다.

흔히 혐오의 반대말이 사랑이라 한다. 사랑은 참 어려운 단어다. 다만 내가 이해하기로는 혐오가 나 자신에 집중하는 것이라면 사랑은 타인을 바라보는 것, 적어도 그러기 위해 애쓰는 행위 같다. 오늘도 나는 경멸의 나무에 물을 준다. 경멸은 혐오와 다른 듯 닮았다. 언젠가는 사랑의 나무를 기를 수 있을까.

기억의 역사

처음 퀴어문학을 찾기 시작한 건 2010년 무렵이었다. 나는 문학을 전공하면서 학내 성소수자인권운동모임에서 활동하던 대학생이었다. 당시의 상황은 한미디로 설명할 수 있다. 없다. 없어도 너무 없다. 성소수자나 퀴어라는 말조차 많이 알려지지 않았던 시기다. 성소수자를 다룬 작품 수도 적었고, 퀴어문학이라는 용어나 퀴어문학을 정리한 자료도 없었다. '동성애소설'로 검색해야 나오는 약간의 정보조차 게이 인물이 잠깐 등장하는 외국소설들을 한 줄씩 소개하는 것이 전부였다. 국내 포털사이트에서 이렇다 할 정보를 찾지 못한 나는 해외 사이트로 넘어갈 수밖에 없었다. 그리고 놀랐다. 해외에는 퀴어문학을 전문적 으로 다루는 사이트는 물론이고, 단체, 연구기관, 서점, 도서관까지 있었다.

람다(http://www.lambdaliterary.org)의 존재를 처음 알게 된 것도 그 시기였다. 람다는 1987년 시작된 퀴어 문학 단체로서 퀴어서적을 아카이빙하고, 발 빠른 리뷰를 공유하며, 퀴어 작가 지망생을 위한 창작 강좌를 연다. 특히 '람다 문학상Lambda Literary Awards, Lammys'이라는 이름의 퀴어 도서 시상식으로 유명한데, 후보 작가들은 물론, 출판 관계자, 후원자, 유명인까지 참석하는 큰 행사다. 소설, 비소설, 시, 미스터리, 전기, 에로티카, 로맨스, 그래픽노블, SF, 청소년, 학술 등 수십 개의 부문으로 매년 시상한다.

우리나라에서도 퀴어를 전문화하려는 시도가 없었던 것은 아니다. 퀴어 전문 출판사를 표방한 '도서출판 해울'은 국내 최초의 동성애자 잡지 〈버디〉를 시작으로 수십여 권의 퀴어서적을 출간했다. 커밍아웃한 트랜스젠더 작가 김비의 첫 번째 소설집을 비롯해 국내 LGBTQ 작가들의 단편집 《레인보우 아이즈》와 레즈비언소설 작가 마모, 모가의 작품집 등 한국 퀴어문학사에 중요한 작품들을 발간하기도 했다.

구하기 힘든 몇몇 절판 도서를 제외하면 해울의 출

간작을 거의 다 읽었다. '없어도 너무 없다'는 말로 요약할 수 있는 아카이빙 초기에는 더욱이 퀴어서적만을 전문으로 출판하는 해울의 존재가 반가울 수밖에 없었다. 물론 반가움과 만족감은 별개다. 고립된 성소수자 이야기로 가득한 해울의 책을 지금 다른 이들에게 추천할 수 있을지는 의문이다. 그러나 만족감과 유의미함 역시 별개다. 한국 퀴어문학의 역사에 해울이 있다는 사실은 정말 다행스럽다.

해울에서 출간된 오신의 《오늘 나는 푸른색 풍선이 되어 도시를 헤매었네》는 나에게 특별한 의미를 갖고 있다. 이 시집은 해울에서 출간된 마지막 시집이자 내가 처음으로 읽어본 게이 당사자의 시집이었으며 기존의 시집들과 달리 말랑한 노랫말로 채워진 언어집이었다. 책날개의 저자 소개를 보니 역시나, 오신은 시도 쓰고 노래도 만든다고 했다.

초기의 당사자 퀴어문학은 기록의 욕망이었다. 높은 산과 넓은 바다 너머 숨겨진 '나'와 '그'의 이야기를 언어로 남기려는 행위. 여기에 우리가 있다고 알릴 것, 잊히지 않을 것, 오해되지도 않을 것. 쓰는 사람이나 읽는 사람이나 비슷한 사명감에 불타 있던 시기다. 없어도 너무 없던 현실을 생각하면 당연한 일이다.

기록을 위한 퀴어문학이라면 빼놓을 수 없는 작품집이 있다. 동성애자인권연대동인련, 현 행동하는성소수자인권연대에서 두 차례 진행한 육우당 문학상 수상작품집이다. 국내 최초의 퀴어문학상 작품집이랄 수 있는데, 육우당 문학상은 자살로 생을 마감한 청소년 성소수자인권운동가 육우당을 기리기 위해 만들어졌다.

> 육우당이 떠난 지 10주기가 되는 해에 마침내 그의 이름을 딴 문학상이 제정되었습니다. 어쩌면 조금 늦은 감도 있지만 아마도 그건 비로소 우리가 그의 삶과 죽음을 동시에 껴안을 수 있게 되었음을 의미하는 게 아닐까 싶습니다. 육우당이 스스로 삶과 죽음을 뒤바꾸며 우리에게 남기려 한 것이 슬픔이나 좌절이 아니라 분명 모두가 평등한 세상이 가능하다는 열망과 의지의 메시지였음을 기억하려 합니다.•

이 작품집에 수록된 작품들에는 커밍아웃을 고민

• "제1회 육우당 문학상 심사평", 행동하는성소수자인권연대 웹진 〈랑〉, 2013년 4월 23일.

하고, 아웃팅을 걱정하고, 첫사랑에 설레는 청소년들의 기억 하나하나가 담겨 있다. 수전 손택의 말에 의하면 "우리가 집단적 기억이라고 부르는 것은 상기하기가 아니라 일종의 약정이다."• 이것은 중요한 일이며 어떤 일이 어떻게 일어났는지 알려주기 위한 것. 퀴어 청소년의 죽음을 퀴어 청소년에 대한 문학으로 기억하는 동인련의 활동이 그랬고, 게이 당사자로 쓴 노랫말을 시로 엮어낸 오신 시인의 책이 그랬고, 그 기록을 어떻게든 찾아 읽었던 대학생 독자의 모습이 그랬다. 우리는 같이 약속하고 싶었다. 이 언어들은 중요하다, 이 삶들은 기억되어야 한다고.

다행스러운 결말 하나. 이름 없는 일개미처럼 퀴어 문학을 모아오는 동안 상황이 많이 바뀌었다. 나는 더 이상 없어도 너무 없다고 불평하지 않는다. 1년에 적어도 스무 편 내외의 국내외 퀴어문학 신작이 출간되고 있는데, 그중 눈살 찌푸려질 만큼 불편한 작품의 수는 눈에 띄게 줄어들고 있다. 퀴어 전문을 표방하는 새로운 출판사도 생겨났다. 퀴어를 위한 서점과 아카이빙 단체도 생겼다. 독립출판 시장이 커지면서 여러 퀴어 작가들이 다채로운 작품

• 《타인의 고통》(수전손택, 이재원 옮김, 이후, 2004), 131쪽.

을 선보이고 있다.

내가 체감하는 가장 큰 변화는 퀴어문학이 점점 장르화되고 있다는 것이다. 사람들은 퀴어, 퀴어문학이라는 말을 더 이상 낯설어하지 않는다. “퀴어문학이 있기는 한가요?”라고 질문하지 않는다. 이제 우리는 확신한다. 원하는 글을 쓸 수 있고, 소개할 장소가 있고, 읽어줄 사람도 많다는 것을. 기억하는 사람과 기록하는 언어가 있는 한 세계는 더 넓어질 것이다.

#문학_소비자

책이 좋다. 읽는 것만큼 보는 것도 좋다. 책을 읽는 나의 모습이 좋다. 책장, 책갈피, 북커버, 북엔드, 독서록 등 '책 덕후'를 위한 각양각색의 소품들. 중고서적의 냄새, 도서관의 포근한 분위기, 양장본이 주는 특별한 소장감, 좋아하는 사람들과 책 이야기를 나눌 때의 부드러운 공기까지…. 책과 관련된 모든 것이 좋다.

하지만 고백할 게 하나 있다. 책과 관련된 모든 것을 좋아하지만 그중에서 책을 읽는 행위를 가장 덜 좋아한다. 독서는 첫 페이지를 여는 순간 시작되는 나와의 경주 같다. 나는 일단 무슨 책이든 시작하면 아무리 형편없더라도 반드시 끝까지 읽어야만 하는 고질병이 있다. 열 권을 읽으면 예닐곱 권이 취향에서 벗어나지만 그래도 끝까지 읽어야 한다. 이러니 독서가 즐거울 리 없다. 그런데도 계속하는 건 백 권, 이백 권 중에 한 권이라도 아주 좋은 책을 만나면 무엇과도 비교할 수 없는 행복이 찾아오기 때문이다. 그 한 문장, 한 장면, 한 권의 쾌감 때문에 재미없는 독서를 계속한다. 책에 대한 모든 걸 찾고 수집하고 아끼지만, 책 읽는 게 하나도 재미없다고 말하는 사람들에게도 완전히 공감할 수 있다. 분명 나는 애독자가 아니라 애서가다.

대학에 들어가기 전까지 읽은 책은 그리 많지 않았다. 성적에 맞춰 들어간 대학에서 우연히 문학 전공생이 되었고, 사실상 그것이 나의 많은 부분을 바꿨다. 재미없는 모범생이었던 나는 대학에서도 성적을 잘 받아야 한다고 생각했고, 커리큘럼에 따라 다양한 책을 읽었다. 백석을 낭독하고 셰익스피어를 패러디했다. 이상을 따라 쓰고 유진 오닐을 토론했다. 그 덕분에 (이력서에 쓸 만한 것은 하나도 없지만) 좋은 학점과 애서심을 얻었다.

지금도 생생히 기억하는 풍경이 있다. 최신(이라고 해봤자 5년 넘게 묵은) 현대소설을 읽는 국문학 수업의 첫날이었다. 교수님은 비장한 표정으로 말했다.

“여러분은 지성인입니다. 단순히 작품이 좋다, 나쁘다는 식의 인상비평은 지양해야 해요. 분석적이고 이성적으로 읽읍시다.”

뼛속까지 모범생인 나는 열심히 고개를 끄덕였다. 인상비평은 나쁜 것이구나, 지성인이 해서는 안 되는 것이구나. 그때부터 문학작품은 취미가 아닌 분석 대상이 되었다. 그 수업을 통해 읽은 한국 단편들은 긴 새벽을 전율케 했다. 다 필요 없고 그냥, 좋았다. 너무 좋아서 왁왁 소리를 질렀지만 하얀 모니터 앞에서는 좌절했다. 교수님이 그러지 않았나. 좋아도 좋다고만 말해서는 안 된다, 지성인은 분석적이고 이성적으로, 좋다는 말을 빼고 좋다고 표현할 줄 알아야 한다고. 그래서 좋다는 말은 블로그의 비밀 독서일기에만 써두고 A4 용지 가득히 ‘좋다’를 다른 표현으로 바꿔 쓴 과제를 제출하곤 했다.

대학생 시절 대부분의 문학 수업이 그런 식이었다. ‘좋다’는 말을 색다르게, 때로는 고상하게 표현해보는 수업들. 처음에야 열심히 고개를 끄덕였는데 갈수록 심사가 뒤틀렸다. 각종 외국판 ‘이즘-ism’으로 문학작품을 헤집는 문학이론 수업이야말로 최악이었다. 문학이론은 좋은 작품도 싫어지게 만들었다. 이해가 안 됐다. 그냥 좋다고 하면

안 되나? 그런 질문에 (나보다 똑똑한 사람들의) 대답은 늘 같았다. 안 돼, 그럼 지성인이 아니지.

맞는 말이다. 대학은 지성인의 공간이다. 비싼 등록금만큼 양질의 지식을 제공해야 할 의무가 있다. 하지만 대학 밖에서까지 '지성인'의 자세로 문학을 대하는 건 영 별로다. 대학을 졸업한 지금 나는 지성인도 연구자도 아닌 일개 독자다. 일개 독자에게 다소 현학적인 문학판은 때로 답답하게만 느껴진다. 나는 '다 필요 없고 그냥 재밌어하는' 독자들의 목소리가 더 커지길 원한다.

제아무리 명작이라도 좋아지지 않는다면 소용없다. 좋다like를 이길 수 있는 좋다good는 없다. 누군가는 헤비메탈과 아오리사과와 비 오는 날을 좋아한다. 나는 제이팝과 수박주스와 겨울 아침을 좋아한다. 누군가는 1년에 책을 한 권도 보지 않는 반면, 또 다른 누군가는 하루에 한 권씩 비타민제처럼 먹어치울 수도 있다. 나는 읽을 책은 많은데 지지리도 안 읽는다고 자책하며 잎사귀 뒷면의 달팽이처럼 읽는다.

우리는 좋아하는 것을 각자의 방식과 속도대로, 애정을 담아 소비한다. 소설을 만화책처럼 보거나, 예쁜 문장을 찍어 SNS에 올리거나, 표지가 예쁘다는 이유로 사 모으기도 하는 식으로. 누군가에게는 종교와도 같은 책이 다른 누군가에게는 냄비받침일 수 있는 것처럼, 책은 나를 포함한 누군가의 행복을 위해 존재하는 소비품이다. 우리는 좋아하기 때문에 소비한다. 그러므로 자신 있게 말할 수 있다. 나는 책을 사랑한다.

전지적 퀴어 시점

간혹 애매한 경우가 있다. 책을 읽는 동안 세 계단을 밟아 올라간다. 맞나, 아닌가, 맞는 것도 같은데. 표지와 띠지, 책 소개와 독자 리뷰까지 샅샅이 찾아 읽으면서 다시 다섯 계단. 맞나, 아닌가, 맞는 것 같기도, 아닌가, 맞나…. 분명 계단을 올랐는데 제자리다. 애매한 작품 앞에서 뫼비우스의 띠와도 같은 계단을 맴돈다. 싫다는 게 아니다. 즐겁다는 얘기다. 내 궁금증은 오직 하나다. 이걸 퀴어문학이라고 해도 되나?

예전부터 그런 작품은 많았다. 셰익스피어의 소네트는 퀴어문학일까? 동성 연인을 대상으로 썼다는 '썰'과 몇 가지 증거가 있지만 의견은 분분하다. 플라톤의 《향연》

이 퀴어문학의 시초라는 의견에 당신은 동의하는가? 다른 시기도 아닌 고대 그리스 시대다. 그때의 소년애는 지식인 계층의 정상 규범이었다. 지금의 동성애와는 의미와 맥락이 전혀 다르다. 그런데 똑같이 동성 간의 성애적 만남이란 이유만으로 《향연》이 현대의 퀴어문학 범주에 들어갈 수 있을까? 미우라 시온의 소설처럼 아주 미묘한 BLBoys love 분위기를 풍기는 경우는? 소녀들 사이의 '아주 가까운 우정'을 그려내는 몇몇 작품들은? 네, 반갑습니다. 퀴어문학의 뫼비우스 띠에 어서 오세요.

나에겐 '어지간하면'의 법칙이 있다. 어지간하면 다 퀴어문학 범주에 넣어버리는 것이다. 거기에는 두 가지 이유가 있다. 첫째, 기다 아니다를 따지기 시작하면 너무 골치가 아프다. 더 중요한 둘째, 폐쇄적이고 빽빽한 쪽보다는 개방적이고 유연한 쪽이 퀴어문학의 미래(?)에 도움이 된다고 믿기 때문이다. 그럼에도 불구하고 고민에 고민을 거듭하게 하는 작품들이 있다. 어지간하지 않은 정도로 애매한 작품들 말이다.

구병모의 《아가미》부터 보자. 나는 이 소설을 읽은 순간 강하게 매혹되었다. 그리고 매혹의 팔 할 정도는 나의 동인녀/후조시* 욕망 때문이리라 확신한다. 《아가미》에는 BL 애호가들을 매료할 만한 요소가 많다. 한 남자가 아들과 함께 호수에서 자살을 시도한다. 아가미 소년 '곤'은 호숫가에 사는 노인과 그의 손자 '강하'에게 발견되어 함께 살게 된다. 강하는 곤이 언젠가 떠날지도 모른다는 두려움과 질투로 괴로워한다.

내가 《아가미》를 읽은 건 이 소설을 퀴어문학으로 볼 수 있다는 정보를 듣고서였다. 이미 한쪽으로 치우친 상태에서 독서를 시작한 셈이다. 그러나 완독한 뒤에도 《아가미》가 퀴어문학이라고 확언할 수 없었다. 강하와 곤이 보이는 감정선은 우정이라 하기에도 사랑이라 하기에도 애매했다. 주인공들이 자신의 성별을 강하게 의식하지 않기 때문에 퀴어문학이라 부르기 꺼려졌다. 말하자면 강하와 곤은 동성의 커플이 아니라 그냥 강하와 곤의 조합이었다. 아이러니하게도 바로 그런 점이 소프트 BL의 기운을 만들어냈다.

두 남성 주인공이 등장하는 수많은 작품들은 그들이 게이 커플로 엮이지 않도록 이성애 남성이라는 사실을 강조하곤 한다. 우리는 그냥 친구입니다, 하하, 오해하지

• 남성 간 동성애를 그린 소설이나 만화를 좋아하는 여성을 가리킨다.

마세요. 상황이 이렇다 보니 퀴어포빅하고 이성애 중심적 인 포즈를 취하지 않는 작품, 그냥 매력적인 두 캐릭터를 그려내는 작품은 퀴어문학으로 해석할 만한 여지가 숨어 있기 마련이다. 그리고 독자들은 그걸 다 읽어낸다. 실제로 《아가미》는 BL 애호가 팬들이 많아서 그림과 함께 '노블 웹툰'이라는 새로운 장르로 출간되기도 했다. (뭘 좀 아시네요.)

손원평의 《아몬드》는 또 어떤가. 소설의 주인공은 감정 표현 불능증을 앓고 있는 열여섯 살 소년 '윤재'다. 윤재는 '아몬드'라 불리는 편도체가 작아 슬픔, 기쁨, 공포 등의 감정을 잘 느끼지 못한다. 그런 윤재 앞에 '곤이(곤이라는 이름에 뭐가 있나 보다)'가 나타난다. 곤이는 분노로 가득 찬 아이다. 열심히 윤재를 괴롭히지만 윤재는 아무 반응이 없다. 당황하던 곤이는 점점 윤재와 친해지고, 윤재는 조금씩 내면의 변화를 겪게 된다.

곤이와 윤재의 관계는 정말 흥미로웠다. 《아몬드》는 표면적으로 이성애 서사다. 윤재가 연애 감정으로 좋아하는 상대는 여자아이 '도라'다. 표면적으로, 윤재와 곤이의 관계는 '우정'이다. 하지만 정말 이게 우정이면 나는 친구 없다. 곤이와 윤재의 '특별한 우정'은 퀴어 렌즈 장착한 독자의 마음을 설레게 했다. 두 아이 모두 사회적으로 차별받는 소수자 집단에 속한다는 점을 생각하면 넓은 의미의 퀴어비평도 가능할 것 같다. 그러나《아몬드》나《아가미》를 퀴어적으로 해석하는 목소리는 잘 들리지 않는다.

영미권은 어떨까. 레이먼드 챈들러의 소설《안녕, 내 사랑》은 우리나라에도 팬이 많은 탐정 '필립 말로' 시리즈 중 하나다. 하드보일드 탐정소설이나 챈들러에 대한 사전 지식, 게다가 별다른 흥미도 없는 상태에서 그 책을 읽은 것은 기막힌 우연이었다. 별생각 없이 읽어가던 나는 한 장면에서 덜컥 멈췄다. 주인공 필립 말로가 어느 도박선에 잠입하기 전, 조력자 역할인 전직 경찰 '레드'와 대화를 나누는 장면이었다. 그들의 대화는 뭐랄까, 에로틱하고 끈끈했다. 처음에는 기분 탓인가 싶었다. 그도 그럴 것이 소설 전체에서 이성애-남성 중심적인 마초성이 뚝뚝 넘쳐흘렀으니까. 하지만 해외 리뷰를 찾아보니 기분 탓만은 아니었다. 영미권의 많은 독자들이 나와 같은 생각을 했던 것이다. '레드랑 말로, 좀 수상한데요?' '그 부분 좀 이상했어요.' 그런 이야기들이 자유롭게 오갔다.

조금 수상하고 조금 이상하다. 어쩌면 퀴어문학은 그것만으로 충분할지도 모른다. 우리는 이미 '게이 시집

발간, 센세이션!' '트랜스젠더 소설, 문학의 뉴-트렌드 열어'쯤으로 설명될 법한 단계를 지난 지 오래다. 대놓고 퀴어한 작품보다 그렇지 않은 작품이 훨씬 많다. 책만이 아니다. 성 정체성의 종류가 그렇게 많고(나는 아직도 헷갈린다), 그렇게 많은데도 고르지 못하는 사람과 애써 고르지 않는 사람 들이 넘치는 마당에 조금 수상하고 조금 이상한 것이 퀴어문학의 조건이 아니면 무엇일까.

에리카 종의 소설 《비행공포》에는 "상상력의 부재. 바로 그게 괴물을 만든다"라는 구절이 있다. 상상은 중요하다. 무엇보다 재미있다. 그러니 최대한 제멋대로 상상하자. 무책임해 보일지는 모르겠으나 나는 어지간한 작품은 퀴어문학이라고 생각하고, '이것도 퀴어문학인 것 같은데요'라는 목소리를 되도록 놓치지 않으려 노력한다. 반면 '이건 퀴어문학이 아닌 것 같은데요'라는 말은 조심스럽게 대한다. 가능하다면 모든 작품을 퀴어한 시선으로 본다. 조금 수상하고 조금 이상한 부분을 집요하게 찾아 마음껏 이야기하면 어떨까. 말하자면, 전지적 퀴어 시점이랄까.

나와 당신과 문학의 불행할 권리

문학 속 인물 가운데 누구라도 될 수 있다면 누가 되고 싶습니까?
문학 속 인물이라뇨. 그런 것이… 되고 싶겠습니까?•

황정은 작가가 남긴 명언이다. 그의 말이 맞다. 문학 속 인물들은 대체로 불행하다. 불행과 맞닥뜨렸거나 그럴 위기에 처했거나 없는 불행을 상상하며 신음한다. 나도 문학 속 인물이 되고 싶지 않다. 그것이 문학 속의 퀴어 인물이라면 더더욱.

• 《젊은 작가의 책》(문학동네 엮음, 문학동네, 2016)

어떤 문학을 좋아하느냐는 질문에 나는 늘 재밌는 작품이라고 답한다. 하지만 어떤 퀴어문학을 좋아하느냐는 질문에는 답이 조금 달라진다. 화나지 않는 문학이요. 퀴어 독자를 화나게 하는 문학은 화장실 몰래카메라처럼 훔쳐보거나, 혼자 울면서 퀴어 인물의 등을 두드려주거나, 문란하고 더럽다고 경멸한다. 이런 문학 속 인물들은 더없이 불행하고, 그것을 읽는 독자들도 불행해진다. 죄송합니다, 저는 실패한 존재입니다. 이런 식으로 호소하는 퀴어문학은 수없이 많다.

처음 전경린의 《엄마의 집》을 읽은 건 퀴어문학의 불행한 언어에 너무 시달려서 기진맥진해 있을 때였다. 주인공 '호은'은 바이섹슈얼이며 페미니즘과 퀴어동아리 활동에 열심인 대학생이다. 어느 날, 엄마와 이혼한 후 양육권을 포기했던 아빠가 한 소녀를 이복동생이라며 떠맡기고 사라진다. 소설은 호은과 호은의 엄마 '미스 엔', 그리고 이복동생 '승지'와 승지의 토끼가 새로운 가족을 이루어가는 과정을 따뜻하게 그려냈다. 여기서 포인트는 물론 '따뜻하게'다.

"엄만 내가 양성애자라면 어때?"

"어떻긴? 그런가 보다 하지. (…) 인간은 누구나 행복을 추구할 권리가 있어. 저마다 자기 생긴 대로, 행복을 찾아야 한다구. 그게 인생인걸. 범죄가 아닌 이상, 누구도 그걸 억압해서는 안 돼."•

'죄송합니다, 제가 잘못했습니다'에 시달려온 독자에게 '괜찮아'가 드리워진 순간, 나는 긍정교의 신자가 됐다. 서랍장에 헬스클럽 전단을 숨겨두었던 게이 소년이 레이디 가가의 〈Born This Way〉를 처음 들었을 때처럼. 허벅지까지 올라오며 딱 맞는 부츠에 찰랑거리는 가발을 늘어뜨리고 출전한 첫 드랙쇼처럼. 잎담배를 말아 피우고 저렴한 칵테일을 마시면서 청계천 거리를 날아다녔던 첫 퀴어퍼레이드 때처럼. 나는 제대로 긍정 프라이드 주사를 맞았다. 그 뒤로는 늘 '긍정적인' 퀴어문학을 좋아하게 됐다. 나는 사랑받아 마땅해, 네가 뭔데 나를 괴롭혀, 월드 피스 앤 러브 올. 뻔뻔함을 사랑스러움으로 바꾸는 문학 말이다.

다만, 한 가지 궁금증이 생긴다. 긍정성이란 무엇일까? 자기애는 좋은 말이다. 자존감은 귀중한 것이다. 늘 그

• 《엄마의 집》(전경린, 열림원, 2007), 147쪽.

렇게 배웠다. 그런데 돌이켜보면, 그렇게만 배웠다. 덕분에 자기애와 자존감이 강한 사람으로 컸고 사는 데도 큰 도움이 되지만 종종 타인의 벽에 부딪힌다. 어쩌면 나는 (이상적으로 생각하는) 나와 닮은 문학만 사랑하게 된 것은 아닐까? 나를 긍정하게 해주는, 긍정하게만 해주는 문학을 골라 사랑하고 있지는 않은가?

《엄마의 집》과 완전히 상반된다고 할 수는 없지만 한야 야나기하라의 수작 《리틀 라이프》에 대한 감상은 복잡하다. 이 소설은 어린 시절의 학대에 트라우마를 간직한 인물 '주드'를 주인공으로, 생의 고통을 여실히 드러내 보인다. 문학에 담긴 고통의 무게를 잴 수 있다면 《리틀 라이프》는 단연 상위권이다. 긍정 프라이드 주사를 맞았음에도 《리틀 라이프》 같은 소설과 나를 완전히 분리시킬 수는 없었다. 그렇다고 완전히 동일시한다고 말할 수도 없다. 같으면서도 다른 사람, 타인이란 그런 의미일 것이다. 결국 문학을 읽는다는 것은 나와 타인을 어떻게 받아들이느냐의 문제다.

그는 노력했다. 평생 동안 노력했다. 다른 사람이 되려고 노력했고, 더 나은 사람이 되려고 노력했고, 깨끗해지려

> 고 노력했다. 하지만 소용없었다. 결정을 내리고 나자 놀랄 정도로 희망이 솟구쳤다. 그냥 끝내버리기만 하면 그 오랫동안의 슬픔에서 자기를 구할 수 있다는 게 놀라웠다. 자신이 스스로의 구원자가 될 수도 있었던 것이다.•

《리틀 라이프》의 이야기와 이 소설에 공명한 많은 친구들의 이야기를 들으며 나는 신형철의 전언을 떠올렸다.

> 서정은 언제 아름다움에 도달하는가. 인식론적으로 혹은 윤리학적으로 겸허할 때다. 타자를 안다고 말하지 않고, 타자의 고통을 느낄 수 있다고 자신하지 않고, 타자와의 만남을 섣불리 도모하지 않는 시가 그렇지 않은 시보다 아름다움에 도달할 가능성이 더 높다.••

우리는 퀴어문학에서 종종 '정치적으로 올바른 politically correct'이란 표현을 쓴다. 퀴어 인물을 그릴 때 몰래카메라나 심리상담가, 의사 혹은 변호사의 시각으로 접근하지 않을 것. 그러나 신형철은 '정치적으로 올바른' 대신

• 《리틀 라이프 1》(한야 야나기하라, 권진아 옮김, 시공사), 572쪽.
•• 《몰락의 에티카》(신형철, 문학동네, 2008), 512쪽.

'서정적으로 올바른poetically correct'이라는 표현을 쓴다. 불행을 다루되 신중할 것. 섣불리 쓰거나 읽지 않고 겸허할 것. 그래, 겸허할 것.

불행한 퀴어문학을 오래 읽다 보면 행복한 퀴어문학에 몰입하게 된다. 행복할 권리에 집중하면 불행할 권리를 잊게 된다. 퀴어에게도 불행할 권리는 있다. 퀴어 연구자 헤더 러브Heather Love는 동성 간 관계를 비극적으로 재현하는 지배 서사에 맞서 건강하고 행복한 삶을 강조하는 방식을 '감정적 순응주의emotional conformism'라고 비판한 바 있다.• 나는 건강한 햇볕 같은 이야기를 좋아하지만 누군가는 그림자를 응시하는 인물에게 강하게 감정을 이입할 수 있다. 별과 그림자를 떼어놓을 수 있나. 이종산 작가의 아름다운 문장을 빌려 오자면, "해가 그림자와 무지개를 만든다."••

우울한 퀴어문학을 너무 많이 보았다고 생각하지만 그중 서정적으로 올바른 문학은 많지 않았다. 나는 이렇게 말할 것이다. 이런 작품이 좋습니다, 반면 이런 작품은 이러한 이유로 불편합니다. 당신도 당신의 별과 그림자

• 《퀴어 아포칼립스》(시우, 현실문화, 2018), 124쪽에서 재인용.

•• 〈별과 그림자〉(이종산, 《사랑을 멈추지 말아요》, 큐큐, 2018), 15쪽.

를 말해주면 좋겠다. 우리에게 필요한 것이 문학을 한 방향으로만 빗질하는 것은 아닐 테니. 여기저기서 문질러댄 왁스질도 멋진 헤어스타일을 만들어낸다. 한나 아렌트는 〈어둠의 시대의 인간〉이라는 에세이를 도리스 레싱의 문장을 인용하며 결론지었다. "모든 사람에게 각자가 진리라고 생각하는 것을 말하게 하라. 그리고 진리 자체는 신에게 맡겨라."•••

••• 《리퀴드 러브》(지그문트 바우만, 권태우 외 옮김, 새물결, 2013)에서 재인용.

퀴어문학을 읽어본 적이 없어요?

비슷한 질문을 많이 받았다.

"퀴어문학이 뭔가요? 본 적이 없는 것 같은데요."

그때마다 힘주어 대답한다.

"아니요, 반드시 읽어봤을 겁니다. 공교육을 받은 사람이라면 누구나요."

학창 시절 국어 시간에 배우는 근대문학에도 퀴어문학이 있다. 세라 워터스는 몰라도 이광수는 들어봤을 것이다. 앙드레 지드는 낯설어도 이효석과 김동인은 아닐 것이다.

한국 근대문학의 시초로 여겨지는 이광수의 대표작《무정》(1917)도 퀴어문학으로 읽을 수 있다. 이 소설은 근대문명에 대한 동경, 자유연애와 결혼, 기독교적 신앙을 담고 있어 구시대에 대항하는 청춘 독자들의 열광적인 호응을 받았다. 물론 2010년대의 독자가 읽기에는 구시대적이고 표면적으로 시스젠더 이성애 서사이지만, 그 이면에 숨겨진 여성 동성애 관계를 읽어내면 훨씬 흥미로워질 것이다.•

《무정》의 주인공 '형식'은 본능적으로 '영채'에게 끌리지만 영채가 기생이라는 이유로 '선형'을 택한다. 영채는 아버지와 오빠를 위해 기생이 된 인물로, 마찬가지로 기생인 '월화'와 사랑을 나눈다.

> 그날 밤도 둘이 한자리에 잤다. 둘은 얼굴을 마주 대고 서로 꼭 안았다. 그러나 나어린 영채는 어느덧 잠이 들었다. 월화는 숨소리 편하게 잠이 든 영채의 얼굴을 이윽히 보고 있다가 힘껏 영채의 입술을 깨물었다. 영채는 잠이 깨지 아니한 채로 고운 팔로 월화의 목을 꼭 끌어안았다. 월화의 목은 벌벌 떨린다. 월화는 가만히 일어나 장문을 열

• 자세한 논의는 〈탈주하는 성, 한국 현대소설: 1910~1920년대 소설의 동성애적 모티프에 나타난 탈식민주의적 연구〉(임은희, 《한국문학이론과 비평 제47집》, 2010) 참고.

> 고 서랍에서 자기의 옥지환을 내어 자는 영채의 손에 끼우고 또 영채를 꼭 껴안았다.

가부장적인 사회에 시달린 영채와 월화는 서로의 몸과 마음을 위로하는 관계였다. 하지만 월화가 인간답지 못한 세상을 개탄하며 자살한 뒤, 영채도 형식과 이별하고 자살을 결심하는데 이때 '병욱'을 만나 강하게 끌린다. 병욱은 '남성적인' 면모가 있는 여성으로 1910년대 부치의 표상이라 할 수 있겠다. 둘은 "마주 앉으면 시간 가는 줄을 모르고 이야기에 취하게" 될 정도로 깊은 사랑에 빠진다. 그것은 서로의 지식과 감정을 이해하는 동등한 사랑이었다.

그러나 이런 장면들이 교과서에서는 쏙 빠진다. 문학 전공자를 제외하면 《무정》을 완독한 사람은 많지 않을 것이다. 이광수는 《무정》 외에도 〈사랑인가〉(1909)와 〈윤광호〉(1918) 같은 공공연한 퀴어소설을 썼다. 근대문학도 퀴어 렌즈를 장착하면 훨씬 흥미로워진다. 대부분 저작권 보호 기간이 만료되었기 때문에 인터넷에서 무료 열람도 가능하다.

흔히 퀴어문학으로 동성애를 이야기하는 작품을 먼저 떠올리지만 폴리아모리Polyamory•를 본격적으로 다룬 근대문학도 있다. 〈메밀꽃 필 무렵〉으로 유명한 이효석의 《화분》이다. 세 남성과 세 여성의 애정이 복잡하게 얽혀 있는 이 소설은 작가의 에로티시즘을 대표하는 작품으로 꼽힌다. 한적한 교외의 푸른 집에 '세란'과 '미란' 자매, 가정부 '옥녀' 세 여인이 살고 있다. 세란은 '현마'의 첩으로, 현마는 비서이자 동성 애인인 미소년 '단주'를 데리고 있다. 단주는 미란과 사랑에 빠지지만 현마가 미란을 출장에 데려가고, 혼자 남은 세란은 단주를 유혹한다. 한편 미란은 피아니스트 '영훈'을 교사로 맞이했다가 사랑에 빠진다. 영훈에게는 '가야'라는 여인이 있으며 가야에게는 원치 않는 약혼자가 있다.

얽히고설킨 애정 서사에 집착, 격투, 자살이 빠지면 섭섭(?)하다. 페이지 페이지가 다 격정적이다. 결말에 이르러 파국 끝에 살아남은 러브 라인이 무엇인지 확인하는 것도 재밌다. 《화분》이 간행된 것은 1939년. 싸우고 질투하고 뒤집어엎는 《화분》 속 연애 서사는 현대적 폴리아모리 개념과는 물론 거리가 멀다. 하지만 양성애와 다자연애를 섞어 이토록 성과 연애에 집중한 근대문학을 찾아보기도

• 두 사람 이상을 동시에 사랑하는 다자간 사랑.

어렵다. 근대 퀴어문학을 읽는 즐거움(당시에 이런 작품이 나왔다니?!)에 집중해 읽어보자.

퀴어문학의 시초로 언급되는 플라톤의 《향연》만큼 오래된 작품은 아니지만 우리나라에도 20세기 이전의 퀴어문학이 있다. 구전문학의 특성상 알려진 것은 몇 되지 않지만, 한 작품은 꼭 소개하고 싶다. 작자 미상, 창작 연대 미상의 고전소설 《방한림전》이다. 《방한림전》은 여성영웅소설이자, 동성혼을 다룬 레즈비언소설이면서, 트랜스젠더 남성의 일대기이며, 젠더 규범에 순응하지 않는 퀴어페미니즘 서사다. 현대의 독자가 다채롭게 재해석하며 읽을 만한 지점이 많다.

주인공 '방관주'는 여장부의 기상을 타고난 인물로 그려진다. 어렸을 때부터 남복을 입고 친척들에게도 남자 행세를 했다. 흥미로운 점은 남복과 남자 행세 모두 관주 본인의 의지라는 것이다. 그는 여덟 살 때 부모를 잃고 고아가 되는데, 처신을 남자로 했으니 다른 여자들처럼 결혼해 살림을 하지는 않기로 결심하고 과거에 응시한다. 결과는 한림학사로 장원급제. 방관주가 방한림이 된 것이다.

장원급제 이후 방한림이 영의정의 딸 '혜빙'과 결혼하는 과정도 흥미롭게 그려진다. 지정성별 여성 둘이 만나 결혼한다는 이유로《방한림전》의 주제를 동성혼으로 꼽는 경우가 많지만, 방한림은 레즈비언 여성이라기보다는 트랜스젠더 남성에 가까워 보인다(그것도 가부장적인 남성). 반면 혜빙은 현대 페미니즘적 시각에서 보자면 가장 눈에 띄는 인물이다. 그는 한 남자의 아내가 되어 종속적으로 사는 것을 싫어했다. 그 때문인지 방관주가 여성이라는 말을 듣고도 오히려 기뻐하며 '잘됐다, 그럼 같이 살자'고 의기투합을 한다. 그 뒤로는 별이 떨어진 곳에 아이가 뿅 나타나 함께 키우고, 방한림이 문과는 물론 무과에서도 호령하며 세상을 제패하고, 찬란한 죽음도 함께 맞는다. 곳곳에 심어놓은 해학과 말맛이 살아 있는 고전소설 어투는 덤이다.

퀴어비평은 포괄적인 의미에서 시스젠더-이성애-유성애-일대일 성애 관계가 아닌 관점에서 텍스트를 해석하는 모든 종류의 비평을 가리킨다. 젠더, 섹슈얼리티의 고정된 범주를 벗어나 모든 흥미롭고 이상한, 또는 흥미롭도록 이상한 부분을 면밀히 들여다보는 것 말이다. 즉, 어느 시기 어느 작가의 어떤 작품이든 젠더와 섹슈얼리티 측면에서 '이상한' 지점이 있다면 퀴어하게 독해할 수 있다. 그러니 최대한 자유롭게 여러 작품을 퀴어하게 해부해보자.

그러면 퀴어문학을 읽어본 적이 없어요, 라는 누군가의 말에 나처럼 반문하게 될 것이다.

최근에 무슨 작품을 읽으셨나요, 퀴어하게 다시 읽어볼까요?

여전한 침묵의 시대

기형도로만 사흘 밤을 새울 수 있다. 단순히 좋아서가 아니다. 한국 현대시詩사에서 빼놓을 수 없는 그의 작품에 대해 아직도 이야기되지 않은 것이 많기 때문이다. 감춰둔 말을 한번 풀기 시작하면 댐처럼 터진다. 기형도에 대해서는 '나의 아름다운 시인에게'로 시작하는 편지 같은 논고를 쓴 적이 있다. 그 글은 이렇게 끝난다. "여기는 아직도 침묵의 시대입니다."

기형도의 작품을 퀴어하게 보게 된 것은 한창 퀴어 문학을 찾아 읽기 시작하던 대학생 시절, 한 레즈비언 친구의 말 때문이었다.

"기형도 시인도 그런 얘기 있지 않아?"

입이 떡 벌어졌다. 국문학 전공 수업에서 기형도를 배운 직후였지만 그의 섹슈얼리티에 대해서는 전혀 들은 바가 없었다. 곧바로 국내 포털 사이트에 '기형도'를 검색했다. 하지만 기사, 평론, 논문, 백과사전 어디에도 '그런 얘기'에 대한 정보는 없었다. 겨우겨우 '썰' 몇 개만 발견했을 뿐이다. 그마저도 댓글에는 사람들의 욕이 가득했다. 그들의 주장은 한결같았다. 고인에게 게이라니 모욕이다, 시인의 개인적인 삶이 왜 중요하냐, 아름다운 시를 더럽히지 마라.

어떤 시인이 '게이일 수도 있다'는 말은 모욕이 아니다. 어떤 시가 '퀴어하다'는 평가 역시 욕이 아니다. 당연히 그의 시를 '더럽히지도' 않는다. 앨런 긴즈버그와 에이드리언 리치와 셰익스피어의 '개인적인 삶'은 그들의 시를 즐기고 해석하는 데 중요하다. 그런데 왜 기형도는 안 되는 걸까? 왜 한국에서는 안 되는 걸까?

어쨌든 지식이란 게 참 신기하다. 소문 하나를 듣고 나니 어렸을 때 교과서에서도 접했던 기형도의 시가 새롭게 읽혔다. 그동안 알아채지 못한 게 이상할 만큼 퀴어했다. 가장 흥미로운 부분은 그가 "대리석 같은 가면"이라 표현한 자아들이었다. 그의 시에는 가면 같은 이중, 삼중의

자아가 많이 나온다.

기형도를 다시 읽으며 미시마 유키오의 소설《가면의 고백》을 떠올렸다.《가면의 고백》은 화자인 '나'가 자신의 내밀한 동성애/양성애적 정체성을 고백하듯 이야기하는 소설이다. 화자는 퀴어로서 가장 불편한 지점을 정확히 고백한다. 진짜 욕망을 감추는 것. 주위에서 기대하는 사람 그대로를 연기하는 것. 소설 제목 그대로, 매일 가면을 뒤집어써야 하는 약간 귀찮은 삶.

커밍아웃은 '벽장에서 나오다Come out of the closet'라는 표현에서 만들어진 말이다. 벽장 밖으로 나가 가족, 친구, 직장 동료 등 주변의 모든 사람에게 커밍아웃한 오픈리openly 퀴어의 수는 적다. 나 역시 주변의 일부 사람들에게만 커밍아웃을 했다. 단 한 사람에게도 알리지 않고 숨어 사는 퀴어도 많다. 아마 내가 상상할 수도 없이 많을 것이다. 그들은 '벽장'이라 불린다. 기형도와 미시마의 '가면'과 같은 의미일 테다. 수많은 벽장과 그 안에 갇힌 마음들을 생각할수록 나는 기형도의 시를 '모욕'하고 싶어진다. 내가 그랬듯 더 많은 사람들이 기형도를 퀴어하게 읽으며 전율하길 바란다.

풍부한 해석의 가능성이 혐오와 편견 때문에 막혀

있다는 것은 큰 문제다. 페르난두 페소아는 이렇게 썼다. "인간이 표현하고 묘사하는 모든 것은 지워진 텍스트에 딸린 주석이다."•

우리는 기형도라는 원본은 영원히 읽을 수 없지만 그가 남긴 작품을 원하는 방식으로 읽고 말하고 나눌 수는 있다. 다른 색깔과 다양한 방식으로 주석을 달아도 되지 않을까. 우리는 그에게, 그리고 벽장 속 사람들에게 빚을 지고 있다. 그래서 앞으로도 내게 그의 시는 퀴어하다. 그의 시는 내게 온 힘을 다해 퀴어적인 향기를 뿜어내기 때문에, 나는 그것을 외면하지 않고 적극적인 '오독'을 행하려 한다.

입 속의 검은 잎. 기형도 시인 사후에 시집을 내면서 김현 평론가가 택한 제목으로, 격정의 시대, 슬픈 세상, 그럼에도 침묵할 수밖에 없는 죽은 혀를 연상시킨다. 1980년대라는 침묵의 시대를 살아갈 수밖에 없었던 시인의 슬픔이 담긴 제목이다. 그 시대로부터 30년이 넘게 지났고, 시인의 죽음 이후로도 30년이 흘렀다. 그러나 아직도 다양한 해석의 가능성이 단지 혐오와 편견 때문에 막혀 있다. 여기는 여전한 침묵의 시대다.

• 《불안의 서》(페르난두 페소아, 배수아 옮김, 봄날의책, 2014), 268쪽.

지금 우리의 책장

어떤 퀴어문학은 비장한 표정의 무사武士가 손에 쥔 원수 가문의 가계도를 닮았다. 대화 한번 나누어보지도 않고 확정된 단단하기 이를 데 없는 증오. 어딘가 복수심과 분노의 악취를 풍기는 그 작품들 안에서 우리는 '정상적인' 인물을 '어둠의 세계'로 꼬이는 역할을 맡는다. 우리는 아주 뒬 만큼 매력적이고(이건 좋아해야 하나?), 술이나 마약 아니면 섹스에 미쳐 살며, 비뚜름한 가정사 때문에 상처가 많다. 지극히 사적인 이 호기심과 편견의 가계도는 불과 얼마 전까지만 해도 퀴어문학의 대다수를 차지했다.

한편 어떤 퀴어문학은 어느 유명 구호단체의 돈 냄새 나는 CF 같다. 새하얀 얼굴의 연예인이 흑인 기아 어린

이의 손을 붙잡고 눈물을 흘리는 장면이 떠오른다. 그런 작품들은 '불쌍하고' '힘든' 세상의 모든 성소수자를 '구원' 하겠다는 복음주의적 서사를 자랑한다. 이때 묘사되는 우리는 스스로가 성소수자라는 사실 말고는 아무것도 신경 쓸 겨를이 없어서 누구와도 소통하지 못하고 외로이 죽어간다. 우리의 삶과 죽음은 아주 아름답고, 슬프고, 모두의 주목이 '필요한' 것이 된다. 비퀴어 독자들은 '이런 사람들도 살아간다'는 비극에 눈물을 흘리면서 '나는 살 만하다'는 자기 위안을 한다. 물론 이 사회에서 성소수자로 살아갈 때 맞닥뜨리는 어려움은 분명히 존재하며 이는 매우 중요한 문제다. 하지만 정체성 찾기와 자기혐오에만 매몰된, 불행하기만 한 성소수자 이야기는 지나치리만큼 많았다.

그러나 다른 퀴어문학은, 윤이형의 〈루카〉를 인용하자면 "죽음을 각오하고 폭포 속으로 온몸을 던지는 새들의 절박함과 시리고 날카로운 열정이 아니라 생활이 만들어내는 무해하고 보드라운 거품들과 건강한 웃음이 더 많"은 이야기이다. 겸허한 작가들이 한 발자국 뒤로 물러나 조심스레 펼쳐둔 이야기 속에서 우리는 다른 누구도 아닌 '퀴어한' 우리로서 현실적으로 절망하고 구체적으로 사랑하며 힘껏 살아간다. 독자는 줄타기를 하는 가면 쓴 광대를 지켜보는 대신 풀밭에 마주 앉아 나지막이 이야기를 주고받는다. 그리고 이런 작품들은 점점 더 늘어나고 있다. 지금 우리의 책장을 설명하자면 '점점 더 무지개'랄까.

최근 '퀴어문학이 대세'라는 말을 여기저기서 보고 듣는다. 문학잡지와 온/오프라인 서점, 유튜브와 팟캐스트 등에서도 퀴어문학 특집이 마련될 정도다. 커밍아웃한 퀴어 작가의 수도 늘었다. 퀴어문학이라는 말조차 없었던 5년 전과 비교하면 분명 퀴어문학의 위치는 달라졌다. 기쁜 일이다.

그렇다면 퀴어문학이 지금 (예전보다는) 쉽게 '받아들여지는' 이유는 무엇일까. 이종산 작가의 말을 빌리자면 현재의 주요 문학 소비층이 어릴 때부터 퀴어콘텐츠를 자연스럽게 접했으며 성인이 되어서는 여성, 노동자, 외국인 등의 소수자 차별 담론에 노출되거나 참여한 세대이기 때문이라고 한다.• 나는 그의 말에 동의하면서도 한편으로는 지금의 퀴어문학이 가장 '받아들여지기' 쉬운 서사를 담고 있기 때문이라고도 생각한다.

언젠가 지금의 퀴어문학을 이렇게 설명한 적이 있

• 2018년 10월 28일 서울프라이드아카데미 'Coming Up: K-ueer/한국 퀴어문학의 안과 밖' 행사에서 들은 말이다.

다. '대타자 주류'를 크게 의식하지 않는다. 세상을 별로 원망하지 않는다. 퀴어'라서' 불행하지 않다. 주로 한 인물이 다른 인물과 (연애) 관계를 맺거나 실패하는 소우주의 역사에 집중되어 있다. 퀴어 인물들은 퀴어라는 이유로 같을 수 없다. 아주 다른 두 사람이 만나 서로이기에 일어나는 갈등을 겪는다. 이런 퀴어문학에서 퀴어를 퀴어라는 이유로 공격하는 세상(대타자, 혹은 대우주라고 말할 수 있을까)의 힘은 크게 줄어든다. 심지어 어느 퀴어문학은 주인공이 퀴어라는 사실이 전혀 관계없게 느껴질 만큼 무성적으로 변한다. 등장인물이 퀴어라는 사실이 갈등을 일으키지 않는 이야기가 퀴어문학으로 소비된다.

이런 현상에 복잡한 감정을 느낀다. 때로 지나치다 싶을 만큼 공격적이고 자기 연민과 한탄에 가득 차 있던 과거의 퀴어문학을 상기해보면 이것은 분명 반가운 변화다. 그러나 반대로 비퀴어의 권력을 거의 이야기하지 않는 안전한 서사처럼 보이기도 한다. 안전한 것은 쉽게 받아들여진다.

이처럼 나는 다른 무엇도 아닌 '퀴어'와 '대세'가 맞붙었다는 사실이 까슬하게 느껴질 때가 있다. 퀴어이론가 데이비드 할페린David Halperin에 따르면 "퀴어의 정의가 무엇이건 규범, 적법, 지배와 불화한다."• 대세라는 말은 지금은 뜨거우나 언젠가 사그라질 불길을 암시한다. 안전한 책장의 지적 기념품으로, 지금을 뜨겁게 달구는 교양의 한 축으로, 퀴어문학을 대세로만 소비하는 문학 생산자와 소비자가 있다면 그들에게 퀴어문학은 문학이라기보다 얼굴임을 보여주고 싶다. 얼굴뿐 아니라 목소리, 목소리보다는 몸, 아니 몸들. 몸들과 언어들임을.

얼마 전 어느 행사에서 "요즘 퀴어문학이 대세다"라는 진행자의 말에 이종산 작가가 이렇게 답했다.

"아니요, 아직 한참 부족합니다. 이제 시작이에요."

맞다. 이제 시작이기 때문에, 나는 그의 대답에 미국의 흑인 여성 작가 셜리 앤 윌리엄스Sherley Anne Williams의 말을 덧붙여본다.

> 여성들은 남성을 위해서라도 기록을 남겨야 한다. 그렇지 않다면 그들이 어떻게 우리를 알 수 있겠는가?••

• 《양성평등에 반대한다》(정희진 외, 교양인, 2016), 65쪽에서 재인용.
•• 〈현대 미국 흑인 여성들의 문학적 개입〉(박미선, 《여성학연구》 제21권 제3호, 부산대학교 여성연구소, 2011)에서 재인용.

같은 말을 지금과 앞으로의 퀴어 작가들에게 전하고 싶다. 혹시나 우리를 알고 있다고 착각하고 있을지 모르는 안전한 책장의 주인들과, 퀴어의 존재를 뜨거운 프라이팬에 넣어 가장 퀴어하지 못한 방식으로 굴려대고 있는 요리사들을 위해 더 많은 기록을 남기자. 대세에서 멀어질 때까지, 끈덕지게.

이름 반찬이 모자라서

'이반 검열'이 교육의 일환이던 시절, 교사들은 반마다 설문지를 돌렸다.

'동성연애 행위를 하고 다니는 동급생의 이름을 적으시오.'

머리를 짧게 깎고 체육복 바지를 입고 다니는 '팬픽이반'들을 알아내기 위해 취해진 조치였다. 당시 우리가 아는 단어는 게이, 레즈비언밖에 없었고 그나마도 레즈비언이라는 말은 너무 외설스러워서 차마 입에도 다 담지 못하고 '레즈'라고 줄여 불렀다. "너 레즈지?"라는 말은 많은 경우 농담이거나 어떤 경우 욕이었다. 나에게 가장 잘 맞는 이름을 찾아가야 할 청소년기에 나와 가장 가까운 이름을 거부당하는 경험을 했다. 많은 사람들처럼 나 역시 학교를 벗어나고서야 커밍아웃을 할 수 있었다.

누군가 학교가 퀴어에게 안전한 공간이라고 말한다면 나는 그가 아주 순진하거나 아주 무례한 사람이라고 믿을 것이다. 학교는 퀴어 학생, 퀴어 교사, 퀴어 직원, 퀴어 학부모에게 가장 안전하지 못한 공간 중 하나다. 학교는 자발적으로 나가기는 어렵지만 쫓겨나기는 쉬운 공간이기 때문이다.

토니 모리슨은 소설 《가장 푸른 눈》에서 커뮤니티의 안전성을 가늠하는 기준으로 나가는 것과 쫓겨나는 것 사이의 차이를 강조했다. 쫓겨남이란 실재적 죽음에 가까운 것으로, 쫓겨남을 경험한 사람은 죽음을 거부하기 위해 폐쇄적이고 소비 지향적인 사람이 된다. 퀴어들은 때때로 학교와 직장과 집으로부터 쫓겨나면서 추방의 죽음을 경험한다.

그러나 반가운 사실은 가만히 쫓겨나기는커녕 제 발로 박차고 나가는 퀴어 인물이 등장하는 문학작품이 점점 더 많아지고 있다는 것이다. 특히 청소년 주인공이 마음에 안 드는 학교와 가족을 박차고 뛰쳐나가는 소설을 볼 때, 나는 15년 전 '이반 검열' 앞에서 어리둥절했던 나에게

진 빚을 상환하는 듯 기뻐지곤 한다.

《알렉스, 소년에서 소녀로》는 퀴어 독자들에게도 많이 알려지지 않아 아쉬운 작품이다. 이 명랑한 청소년 소설의 주인공은 인터섹스 비수술 트랜스젠더 여성 레즈비언 청소년 알렉스. 그는 "내가 여자인지 남자인지가 왜 중요하지?" "나에게 그건 회색 지대다. 희끄무레한 회색"이라 말하는, 지금껏 읽은 청소년 퀴어소설 등장인물 중 가장 '복잡한' 정체성을 가진 인물이다. 그런 인물이 주인공인 소설이기에 '소년에서 소녀로'라는 제목과 콧수염을 붙이고 중절모를 쓴 사람의 사진이 있는 표지가 더더욱 아쉽기는 하지만, 실제 청소년들이 이 책을 많이 읽었으면 좋겠다.

《알렉스, 소년에서 소녀로》는 무지개책갈피 리뷰를 통해 '명랑한 가족 탈출기'로 소개한 적이 있다. 지정성별 남성인 알렉스는 이전 학교에서 혐오에 시달린 이후 새로 전학한 학교에서 '공식적인 여자아이'가 되기로 결심하는데, 가족들이 펄쩍 뛰며 반대한다. 다른 청소년 퀴어소설에서 가족과의 갈등은 대체로 인정과 수용의 결말('그래, 너는 퀴어로구나. 그래도 사랑하는 가족이니 너를 받아줄게' 같은)을 보여주지만 이 소설에는 그런 손쉽고 매끈한 결말이 없다. 부모는 도무지 자식을 이해할 수 없고, 자식은 자신이 옳고 부모가 틀린 것만 같다.

특히 알렉스의 어머니가 소설 속 '공유되는 모성'이라는 사이트에 상담 글을 남기는 장면에서 다른 어머니들이 보이는 반응이 흥미로운데, 아무도 알렉스의 상황은 진지하게 생각하지 않고 알렉스의 어머니만을 표면적으로 위로하기 때문이다. '공유되는 모성'에서 공유되는 모성은 '이해할 수 없는 자식을 원망하지만 최선을 다하고 있다고 믿는' 나르시시즘을 그대로 보여준다. 결과적으로 이 소설은 혈연가족의 표면적 화해를 거부하고 퀴어 청소년의 독립적인 삶을 적극적으로 응원한다. 알렉스는 진절머리 나는 가족에게서 벗어나고, 그래도 괜찮다. 그 메시지가 반갑고 좋았다.

청소년기는 이름을 찾아가는 시기다. 이름에 대한 흥미로운 청소년 퀴어소설을 하나 더 언급해야겠다. 엘렌 위트링거는 다채로운 퀴어소설을 꾸준히 발표해온 작가다. 그의 작품 중에서도《이름이 무슨 상관이람》은 이름의 문제를 심도 있게 탐구한 수작이다.

소설에는 미국의 한 항구마을 스크럽 하버에 사는 열 명의 청소년이 화자로 등장한다. 어느 날 스크럽 하버에 새로 이사 온 사람들이 한 가지 제안을 하는데, 스크럽 하버란 마을 이름이 촌스러우니 '폴리 베이'라는 '세련된' 이름으로 바꾸자는 것이었다. 그렇게 마을 사람들은 마을의 이름 변경을 논의하는 한편 나이, 성별, 인종, 계급, 성적 지향까지 자신에게 붙여진 여러 이름의 의미를 고민하게 된다. 등장인물 중 한 명이 게이 청소년이기는 하지만 이 소설은 다른 의미에서도 퀴어하다고 할 수 있다. 소설의 모든 인물이 이름, 즉 정체성 문제를 고민하기 때문이다.

사람들은 "모두 확고한 정체성을 가지고 있"다는 입장의 '오닐'에게 '크리스틴'은 이렇게 말한다.

"그건 정체성이 아니야. 정형일 뿐이지."•

우리가 가진 이름의 대부분은 정형stereotype에 불과하다. 그것은 상황에 따라 부분적으로만 드러나는 상대적인 기표다. 남성과 여성, 백인과 '유색인종', 이성애자와 동성애자는 모두 정형이다. 이것이 그대로 이름이 된다.

이름은 나와 내가 속한 집단을 묶는 역할을 하지만

• 《이름이 무슨 상관이람》(엘렌 위트링거, 정소연 옮김, 궁리, 2013), 54쪽.

그렇다고 이름이 한 사람의 정체성을 담는 데 절대적이고 완전한 역할을 할 수는 없다. 맑은 시선으로 이름을 빤히 바라보는 이 소설 앞에서 우리는 함께 질문하게 된다. 이름이 대체, 무슨 상관이람?

하지만 역시 이름을 아예 무시할 수도 없다. 그것은 분명히 한 사람의 무언가를 담아내기 때문이다. 그러니 이름에 고통받는 게 청소년뿐일까. 레즈비언, 게이, 트랜스젠더, 인터섹스, 바이섹슈얼, 퀘스처닝, 팬섹슈얼, 퀴어, 젠더퀴어, 에이섹슈얼, 에이젠더, 폴리아모리, 논바이너리…. 성소수자의 정체성과 관련된 이름이 점점 늘어난 것도 각자가 자신에게 꼭 맞는 이름을 찾기 위해서일 것이다. 이름의 탐색은 대개 어린 나이에 시작되지만 성인이 되고 나서도 계속된다. 문제는 우리 앞에 놓인, 이름을 차린 밥상이 너무나도 초라하다는 것이다. 차린 게 없어도 너무 없다.

무지개책갈피에서는 어린이들에게 퀴어그림책을 읽어주는 활동을 한 적이 있다. 여자친구 '꽁치'를 너무 좋아하는데 뽀뽀를 해도 될지 고민하는 여자아이 '장미'의 이야기를 담은 《꽁치랑 뽀뽀하면 안 된다고?》였다. 책을 읽은 다섯 살부터 열두 살까지의 아이들과 인터뷰를 진행했다. 어떤 내용이었어요? 비슷한 이야기를 보거나 들은 적이 있나요? 어떤 사람들은 여자아이들끼리 뽀뽀를 하면 안 된다고 말해요, 왜 그럴까요?

어떤 아이는 "잘 모르겠어요"로 일관했고 어떤 아이는 "사회의 고정관념 때문이에요"라고 답하기도 했다. 한 가지 공통적인 답변은 '이런 이야기를 보거나 들은 적이 없다' '새롭다' '색다르다'였다. 인터뷰를 청했을 때 흔쾌히 응했다가 책 내용을 보고는 거절한 부모도 있었고, 영상에 담길 아이의 얼굴에 모자이크를 요청한 경우도 있었다(모자이크는 모든 영상을 불온해 보이게 만드는 효과가 있으므로 우리가 거절했다).

아직 우리 사회는 여자아이와 뽀뽀하고 싶어 하는 여자아이 이야기조차 들어본 적 없는 사람들로 가득하다. 이렇게 초라한 밥상이니 반찬이 얼마든지 늘어나도 괜찮지 않을까. 밥상에 자리가 모자라면 더 큰 상으로 바꾸면 된다. 맞지 않는 이름을 걸치고 살아가는 사람들과 '색다른' 이름을 접해보지도(혹은 접하려 하지도) 않는 사람들, 내 것이라 생각하는 이름을 거부당해본 경험이 있는 사람들, 지금도 열심히 이름을 찾아다니는 많은 사람들이 있다. 아직 우리에게는 이름 반찬이 모자라다.

사실, P는

〈식스 센스〉를 본 적은 없어도 반전의 내용은 안다. 당해보진 않았지만 스포일러가 감상에 방해가 될 수 있다는 것도 안다. 반전에는 감칠맛이 있고 독자에겐 감칠맛을 누릴 권리가 있는 법. 그래서 덧붙인다.

* 이 글은 퀴어문학의 반전 내용을 포함하고 있습니다. 스포일러 주의.

책을 소개해야 하는 입장에서 반전 서사는 까다로울 수밖에 없다. 아닌 줄 알았던 인물이 사실 퀴어였다면? 그런데 그걸 밝히는 순간 독서의 감칠맛이 순식간에 날아가버린다면? 하지만 그걸 빼고서는 퀴어문학으로 설명하기가 어렵다면? 이러지도 저러지도 못하는 상황에서 나는 대개 감칠맛의 절반 정도를 포기하는 쪽을 택한다. '이 작품은 퀴어문학이 맞습니다. 더 자세한 내용은 스포가 되므로 생략합니다.' 책을 소개하는 사람의 가장 중요한 임무는 약간의 감칠맛을 희생해서라도 그 책을 읽고 싶어지게 만드는 것이므로.

소설에서 퀴어를 반전의 소재로 삼는 경우는 거칠게 두 가지로 나눌 수 있다.

첫 번째, 운석 충돌형. 평온하고 즐겁게 읽어가던 독자에게 퀴어라는 '충격적인' 소재를 던져준다. 이런 작품에서 퀴어는 늘 비퀴어 주인공이 관찰하거나 욕망하는 대상의 위치에 머물러 있고, 비퀴어 독자의 소우주를 향해 공격적으로 날아가는 거대 운석으로 소비된다. 뭐랄까, 주인공의 황당한 얼굴이 클로즈업되며 하단에 어느 프랜차이즈 카페의 로고와 함께 엔딩 음악이 흘러나올 것 같은 분위기랄까.

예를 들면 이런 소설이 있다. 주인공은 대학생 시절 아름다운 한 여성을 만난다. 그녀는 자신을 아무런 편견 없이 있는 그대로 봐주길 원한다고 말한다. 그러나 주인공은 그 말의 의미를 제대로 이해하지 못하고 맹목적으로 사랑에 빠진다. 그러다 그녀가 '사실은' 트랜스젠더 여성임을 알게 된다. 주인공의 사랑은 슬프게도 그 사실에 크게 휘청거리다가 결국 깨진다. 수년의 세월이 흐른 뒤, 주인공은 그 기억을 아련한 추억으로 떠올린다.

주인공이 자신의 편견과 무지를 연민 어린 눈빛으로 바라보는 그 소설에 나는 몰입하지 못했다. 연인이 트랜스젠더라는 이유로 헤어진 주인공 때문이 아니다. 트랜스젠더 인물을 충격적인 반전으로 소개한 방식 때문이었다. 트랜스젠더라는 사실이 소설의 반전으로 드러나는 순간, 많은 수의 독자들은 남성 주인공에 감정 이입을 하게 된다. '세상에, 사랑하는 여자가 트랜스젠더였다니! 그렇게나 완벽하고 아름다운 여자가!' 이런 식의 반전 서사는 의도가 불순하고, 퀴어 독자를 노골적으로 무시하기에 찝찝한 기운을 오래 남긴다.

퀴어를 반전의 소재로 삼는 경우 두 번째, 거울형이다. 이런 작품은 퀴어 인물을 영수증처럼 구겨서 내던지지 않는다. 편견과 연민을 늘어놓는 대신 거울이 되어 독자를 비춘다. 당신은 이 인물이 퀴어가 아닐 거라고 생각했습니까? 왜 그것을 당연하게 생각했지요? 독자는 거울이 던지는 질문을 멍하니 바라본다.

이를테면 이런 이야기. 명문대 경제학과에 장학생

으로 입학한 청년이 있다. 각종 신문에 찬양 기사까지 실렸다고 하니 보통 인물은 아니다. 공부밖에 모르는 그를 주위에서 걱정할 정도. 안색이 영 좋지 않으니 쉬엄쉬엄 하라는 말에도 공부만 한다. 이 청년, '광호'의 목표는 동경 유학에 매진하여 한국인 최초의 박사 학위 수여자가 되는 것. 이쯤에서 눈치챈 사람이 있을지도 모르겠다. 맞다, 이 소설은 1918년에 발표된 이광수의 단편소설 〈윤광호〉다.

광호에게는 '결함'이 있다. "보충하기 어려울 듯한 크고 깊은 공동空洞." 광호는 제 빈 마음을 마주할 때마다 말로 다할 수 없는 슬픔을 느낀다. 자꾸만 적막하고 슬퍼진다. 소설의 서두에는 '적막과 비애'라는 표현이 연거푸 나오는데 이야기가 진행될수록 이 감정의 정체가 드러나기 시작한다. "그는 누구나 하나를 안아야 하겠고 누구나 하나에게 안겨야 하겠다." 신문에까지 실린 반듯한 모범생은 지금, 뜨거운 욕정에 몸이 달아 있다.

그러던 어느 날, 광호는 P를 만난다. 그 순간부터 광호의 빈 마음이 P에 대한 갈망으로 차오른다.

> P의 얼굴과 그 위에 눈과 코와 눈썹과 P의 몸과 옷과 P의 어성과 P의 걸음걸이와… 모든 P에 관한 것은 하나도 광

호의 열렬한 사랑을 끌지 아니하는 바가 없었다.

정말 첫눈에 반한 게 맞다. 광호는 "나는 당신을 사랑합니다"라는 뜨거운 고백을 하고는 부끄러워서 도망쳐 놓고, 이내 어쩔 수 없는 마음에 연애편지까지 써서 부친다. 그리고 곧 P에게서 답장이 온다. 남에게 사랑을 구하는 데 필요한 황금, 용모, 재주 중에 광호에게는 재주밖에 없으므로 사랑을 받아줄 수 없다는 것. 오호통재라.

그 뒤로는 무려 광호의 가장 가까운 친구인 '준원'과 어느 '미소년'의 사랑 이야기가 펼쳐지는데, 이 부분 때문에 〈윤광호〉가 흥미로운 퀴어문학인 것은 아니다. 소설의 후반부는 직접 읽어보는 재미로 남겨두고 여기서는 소설의 마지막 한 문장을 소개하려고 한다. 아무래도 죄책감이 들어 한 번 더 말해야겠다. 스포일러 주의.

소설의 마지막 문장은 바로 이것이다.

P는 남자러라.

〈윤광호〉의 가장 큰 매력은 청년 광호가 열렬히 사랑하고 또 사랑하다 못해 ○○하게 되는(이건 차마 밝힐

수가 없다) 대상인 P가 바로 남자라는 사실보다, 그 사실을 마지막의 마지막이 되어서야 짜잔, 하고 발표하는 귀여움에 있다. 무려 1918년에《청춘》문예지에 발표된 소설이다. 아무 생각 없이 페이지를 넘기던 독자들이 받았을 충격을 상상해보라. 소설 중간에 준원과 미소년의 이야기를 복선처럼 넣어둔 이광수의 꼼수도 생각해보라. 정말 귀엽지 않나.

이광수는 〈윤광호〉를 읽는 독자들의 대부분이 P를 여성으로 상정할 것을 알고 있었고, 바로 그 점을 비틀어 독자에게 겨누었다. '당신은 P가 여성일 것이라 짐작했다. 어째서? 남성 주인공이 사랑에 빠지는 상대는 여성이어야 하기 때문에? 자, 그럼 어떤가. 사실, P는, 남자다.' 퀴어라는 반전이 주인공이 받은 충격에 독자의 동의를 얻어내기 위해서가 아니라 독자의 편견을 비트는 데 작용하기 때문에 〈윤광호〉는 거울형 반전이며, 그러한 많은 소설 중에서도 가장 흥미로운 경우다. 스포하여 죄송합니다만, 꼭 직접 읽어보시길.

말사랑사람

삶을 성공이나 실패로 나눌 수 없다고들 하지만 그럼에도 성공이나 실패처럼 느껴지는 순간은 있다. 성취와 부끄러움으로 바꿔도 좋다. 그리고 부끄러움의 대부분은 말 때문이다. 아, 아무 말도 하지 말걸…. 말을 많이 한 날에는 그런 후회가 이불 위를 짓눌러서 좀처럼 잠들 수 없다. 프란츠 카프카는 "행복을 위해서는 침묵으로 충분할뿐더러, 침묵이야말로 단 하나의 가능한 일이다"라고 말했다는데,• 아마 카프카 역시 말이 불행과 직결된다는 사실을 절감했던 것 아닐까. 하면 할수록 느는 것 중에 말하기는 없

• 《밤은 책이다》(이동진, 예담, 2011), 82쪽에서 재인용.

는 것 같다. 말하는 것은 부끄럽고 어렵다. 어렵기 때문에 부끄럽고, 자꾸 부끄러우니 마냥 어렵기만 하다.

돌아보면 말은 늘 상처 배달부였다. 나는 열아홉 살 때까지 들었던 나쁜 말들을 지금도 생생히 기억한다.

할머니: 여자애가 무슨 공부냐(이런 말을 하지 않는 할머니는 소설이나 영화에만 나온다)

친구: 너 여자 좋아한다며?(이런 말을 하는 친구는 사실상 친구가 아니라는 사실을 그때는 몰랐다)

선생님: 여자가 예쁘지 않으면 공부를 잘해야 한다(이렇게 말하는 선생님이 예뻐 보일 리 없다)

한편 스무 살 이후로 내가 뱉었던 나쁜 말들의 일부는 내 머릿속에 짐짝처럼 자리하고 있다. 아, 그 말들은 차마 여기에 적을 수 없다. 잘못된 말을 내뱉은 순간 찾아오는 낯선 공기, 텁텁한 무언가를 억지로 씹은 듯한 상대의 표정과 고양이 털처럼 굴러다니는 시간 조각들. 나는 그것을 오래 기억해야 한다. 말은 많이 한다고 늘지 않으며 나는 아직도 잘 말하는 방법을 도무지 모르겠기 때문이다.

한번 내뱉은 말 한마디가 때로 한 사람의 인격과 도덕성의 전부로 인식되는 마녀사냥의 시대. 말은 영원히 반복되는 가해와 피해의 굴레 같다. 이쪽 웅덩이는 가해, 저

쪽 웅덩이는 피해. 거기 둘러싸인 채 발을 뻗는 것은 멍청한 짓 같아서 나는 가능한 한 입을 닫고 싶었다. 가라타니 고진은 의사소통이 "목숨을 건 도약"이라고 했다는데 나는 아직 목숨을 걸고 도약해본 적이 없다. 소통이란 대체 뭘까.

김봉곤의 단편소설 〈Auto〉를 처음 읽었을 때는 주인공의 사랑 이야기에 오래 눈길이 머물렀다. 국립국어원에서 정의하는 '사랑'은 남성과 여성 사이의 것이다. "도저히 사랑이 아니라고 할 수 없는" '나'와 '남자친구'의 사랑은 포함되지 않는다. 화자는 묻는다. "사랑에 보편을 요구하고 정의하려는 것은 언어의 영역에서 벗어난 일을 하는 것은 아닐까?" 그 말이 맞다. 사랑을 정의하는 사람들이 있는 한 어떤 사랑은 사전 밖으로 밀려난다.

〈Auto〉를 다시 읽었을 때는 이어짐에 대한 이야기에 흠뻑 빠져들었다. 대학에서 글을 공부하는 주인공은 고민한다. 이토록 불완전한 언어를 가지고 글을 쓴다는 것은 어떤 의미인가. 나는 타인을 이해할 수 있는가, 그것을 글로 드러낼 수 있는가, 나를 드러내도 되는가. 결국 그가 한 소끔 이해한 소통은 이것이었다.

> (…) 어쩌면 이 문장은 또 매끄럽게 이어져 있고, 매끄럽게 읽히고, 우 리 는 가 끔 이 어 져 있기도 하고, 당신은 이어주었고, 나도 다시금 힘을 내어 잇기를 계속한다. 나의 글쓰기만큼 내밀한 사랑을 당신이 이해해줄 수 있을까? 나의 사랑만큼 내밀한 글쓰기를 당신이 이해해줄 수 있을까? 그럼에도 나는 다시 사랑하기 시작하고, 시작되고, 어느 순간 이어져 있음을 기뻐하다 다시 끊어졌다, 이으려 하고, 우리는 이어질까? 이어지게 될까? 당신과 나는 이어지게 될까? 당신과 내가 이어져 있음을, 이어져 있었음을, 그 환희의 순간을 나는 잊지 못하고 글을 쓴다. 그를 쓴다.[•]

"우 리 는 가 끔 이 어 져 있 기도 하고" 나는 이 '…있기도 하고'가 좋다. 이어질 수도 아닐 수도 있는, 고작 그 정도의 가능성. 소통이 이만큼이나 어려운 것이라서 목숨을 건 도약이라 하나 보다. 목숨을 걸고 꺼낸 말도 들리지 않을 수 있다. 열심히 내민 손도 닿지 않을 수 있다. 하물며 사랑이라니. 누군가에겐 대강 써넣을

• 《여름, 스피드》(김봉곤, 문학동네, 2018), 212쪽.

만큼 쉬운 단어겠지만 누군가에겐 상상 이상의 신비 같은 일. 사랑을 통해 가끔 깨닫게 된다. 이어질 수도 있구나. 그리고 그 순간의 기쁨을 잊지 못해 쓰는 사람이 있는 한, 사전 밖에서도 사랑은 굴러간다. 이어진다.

이때의 사랑은 무엇일까.

내가 사랑하는 릴케는 삶의 의미는 쉬운 것이 아닌 어려운 것을 실천하는 것이며 어려운 것들 중 가장 어려운 것이 사랑이라고 했다. 내가 이해하는 사랑은 홀로 오롯이 존재하는 것처럼 살아가는 내가 사실은 혼자가 아니라는 사실을 가슴 깊숙이 이해하는 것이다. 나의 숨, 잠, 돈, 발, 입과 귀에 수많은 사람들이 연결되어 있다는 사실을, 항상은 어렵더라도 가끔은 기억하는 것이다. 그렇게 기억했을 때 생색을 내면서 어떤 방식으로든 행동하는 것이다. 이것이 어려운 것들 중 가장 어려운, 그래서 중요한 사랑인 것 같다.

당신과 나는 연결되어 있다.

우리가 조금쯤, 실은 그보다 훨씬 더 많이 연결되어 있다는 사실은 중요하다. 나의 잘못은 당신에게 굴러가고 당신의 잘못은 나에게 굴러온다. 인간은 살아 있다는 것만으로 죄라는 말을 어느 종교서석에서도, 소설에서도 보았다. 동식물을 사랑하는 애인의 입을 통해서도 들었다. 그 말은 주로 얕은 책임감과 깊은 절망감을 안겨주었다. 그래서 더 편리한 쪽을 택하고만 싶어졌다. 어제 나는 SPA 브랜드의 옷을 입고 플라스틱 일회용 컵을 썼으며 아침부터 육식을 하고 버스에선 슬쩍 교통약자 전용석에 엉덩이를 들이밀었다. 고백건대 나는 이런 일상에서 불편함보다 편리함을 더 많이 느낀다. 편리함이란 참 무서워서 금세 나를 잡아먹는다. 나는 자꾸만 되짚어야 한다.

오늘의 나는 에코백과 텀블러를 들고 비건 브랜드의 화장품을 쓰고 옷을 입으며 성폭력이나 노동권 탄압 문제가 있는 업체의 제품을 불매한다. 지지하는 비영리단체에 정기후원을 신청하고 사회적 약자를 이야기하는 책을 사서 읽는다. 어제보다 오늘, 오늘보다 내일 조금이라도 덜 폭력적이기 위해 애써본다. 사랑은 어려운 것이라는데 이러한 작은 실천은 사랑이라 부르기엔 너무 쉬운 것이라 '사람 되기'쯤으로 바꿔 말하면 되겠다. 사랑을 배워가는 사람. 아마 나와 연결되어 있는 당신은 나보다 더 사랑을 잘 알고 있을 것 같다.

나는 당신의 얼굴을 모른다. 얼굴을 알더라도 목소리를 모른다. 혹은 얼굴과 목소리를 뺀 나머지를 모른다.

나에게 당신은 너무 많고 그래서 너무 멀게만 느껴진다. 그래서 미안하지만 멋대로 이렇게 상상한다. 당신도 나처럼 자기 나름의 성실함과 약간의 절망과 예상치 못한 행복으로 하루를 채우면서, 그저 그렇지만 소중한 삶을 이어갈 거라고. 그러하기를 기도할 때도 많다. 책과 영화, 친구와 애인을 통해 그런 사람들의 이야기를 접할 때마다 그 사실이 막막할 만큼 사랑스러울 때가 있다. 나는 당신에게 많은 말을 빚지고 있고 그것을 얼마간이라도 갚으면서 살고 싶다. 지금 우리는 아주 조금, 닿아 있다.

어디 그냥

나는 무엇이든 늦되는 편이었다. 초등학교 고학년에 알파벳을 뗐고 술은 고등학교 졸업식 뒤풀이에서 처음 마셨다. 첫 연애도 이십 대 중반에 했다. 경험도 지식도 없던 나를 각종 성性 지식의 세계에 입문시켜준 친구가 있었는데 바로 K였다. K는 '남자는 냄새가 싫고 여자는 맛이 싫다'는 끔찍한 농담을 아무렇지 않게 하고 그걸 미안해하지도 않는다는 점이 매력적인 사람이었다. 자신이 섹스해본 장소를 술술 늘어놓기도 했다. 놀이터 그네는 이래서 별로야, 게스트하우스가 모텔보다 나은 점도 있어, 그런 K의 말을 듣다 보면 '야매' 지식도 생기고 한편으로는 달아오르던 몸이 푸시시 식어버리기도 해서 K의 섹스 이야기를 좋아했다. 선생님이나 부모님에게 들을 수 없었던 퀴어 성 지식을 알려준 사람도 K였다. 경험도 없던 내가 '무콘노섹(콘돔 없이 섹스하지 않는다)' 원칙, 여성 퀴어와 네일 관리와 핑거링의 상관관계, 알싸한 조미료 역할의 더티 토크를 알게 된 것도 다 K 덕분이었다.

K의 말에 따르면 자취를 하지 않는 커플이 당시 근방에서 섹스하기 가장 좋은 장소는 A모텔이었다. 주인이 손님 얼굴도 안 보고 들여보낸다는, 이상할 만큼 퀴어 커플들이 득실거려 웰컴키트에 머리끈과 면도기와 콘돔이 다 두 개씩 들어 있다는 그 모텔. 퀴어 커플에게 섹스할 장소를 찾는 일은 중요한 일이었기 때문에 '섹스하기 좋은 모텔 리스트'야말로 귀한 정보였다. 10년 전의 우리는 지금보다 더 숨어야 하는 존재였으므로 마음 놓고 섹스할 곳도 없었다. 나에게 K 같은 친구가 있다는 건 큰 행운이었다.

꼭꼭 숨어서 몰래 섹스하는 장소. A모텔과 비슷한 풍경을 정이현 소설에서도 봤다. 〈무궁화〉는 양파만큼 얇고 견고한 여러 겹의 벽에 갇힌 '너'의 삶을 묘사한다. '너'는 여성 동성애자 사이트의 정기모임에서 기혼 여성 '그녀'를 만나 사랑에 빠진다. "눈에 띄지 않기 위해서" 결혼을 했다는 '그녀' 때문에 '너'는 오직 평일 오전부터 오후까지의 시간에 '너'의 집에서만 그녀와 만날 수 있었고 주말에는 얼굴도 보지 못한다. '그녀'와 함께 있을 때 '너'는 "이 시간이 유폐되기를 간절히 바랐다." 들어갈 수 없다면 아예 깊숙한 곳으로 가둬지는 것. 유폐의 욕망은 이방인의 유언 같다.

그 소설을 읽으며 생각했다. A모텔에 숨어서 섹스하던 시절은 슬프고 고통스러운 것이었을까? 나는 아니라고 답할 것이다. 하지만 그렇게 답할 수 있는 나는 운이 좋은 편이라고 생각한다. 사실상 나는 완전한 '벽장'이었던 경험이 거의 없다. 무엇보다 나에게는 K가 있었다. 꼭 섹스와 관련된 것이 아니더라도 비밀을 터놓을 친구가 하나도 없는 삶은 조금 쓸쓸할 것이다.

이를테면 이런 풍경을 기억한다. 깊은 산속, 하늘과 물과 들판, 양 떼를 돌보는 두 남자. 그 외에는 아무것도 없는 본래 그대로의 자연. 그리고 깊은 비밀을 간직한 텐트 하나. 애니 프루의 동명 소설을 영화화한 〈브로크백 마운틴〉이다. 1960년대 미국, 카우보이 청년 '잭'과 '에니스'는 사람 하나 없는 브로크백 마운틴에서 양치기로 일하다 사랑에 빠진다. 둘의 관계를 눈치챈 직업소개소장에 의해 해고당한 뒤, 둘은 다시는 브로크백 마운틴에 돌아오지 않겠다 말하고 헤어진다. 그렇게 각자 가정을 꾸리고 살아가지만, 계속 서로를 잊지 못하던 두 사람은 편지를 주고받게 되고, 결국 수년 만에 다시 만난다. 동성애자로 밝혀지면 살해당할 수도 있던 시대, 재회한 두 사람은 그림자가 드리워진 골목에서 뜨거운 키스를 나눈다.

브로크백 마운틴은 잭과 에니스가 처음 사랑을 품게 된 곳이자 매년 한 번씩 만나 밀회를 가지는 장소다. 두 남자의 사랑을 넓은 품으로 맞아주는 브로크백 마운틴의 풍경은 아름답고 슬프다. 그곳은 두 사람이 행복할 수 있는 유일한 장소, 유폐된 유토피아 같다.

돌이켜보면 나의 애인들에겐 자취방이 있었고, 우리 주변에는 속 시원히 애인 욕을 하거나 성 고민을 나눌 만한 친구들도 많았다. 그러나 삼십 대를 넘어가니 한 명의 자취방과 친구들만으로 충분하다고 하기엔 어려운 상황으로 변했다. 최근 문학에서 퀴어들의 집 찾기 서사가 부쩍 늘어난 이유를 나는 경험적으로 추측할 수 있다. 우리 모두는 열심히 집을 찾아다니고 있다.

강화길의 등단작 〈방〉은 집 찾기에 대한 강렬한 단편소설이다. 한 가난한 레즈비언 커플이 함께 살 집을 마련하려는데 돈이 부족하다. 급전을 마련하기 위해 둘이 백한 방법은 재난으로 붕괴된 어느 도시의 복구 작업에 자원하는 것. 그 도시에서 둘은 조금씩 잦아지는 기침을 참으면서 이상한 맛이 나는 물로 배를 채운다. 둘은 결국 ○○이 된다.

스포일러 방지가 득이 되는 작품이 있는가 하면, 강화길의 〈방〉처럼 강렬한 엔딩을 말하지 못한다는 것이 고통스럽도록 아쉬운 작품도 있다. 하지만 우선은, 스포일러 금지. 내 집, 우리 집 마련을 위해 떠도는 청춘의 운명을 다루었다는 것만으로, 붕괴된 도시에서 일하거나 요상한 물을 먹어본 경험이 없음에도 주인공들의 여정에 깊이 발 담글 수 있었다. 나는 그들과 같이 떠도는 것 같았다. 그렇다, 결국 표류에 대한 이야기. 머무를 수 없음에 대한 이야기. 그럼에도 어딘가에 머물 수 있지 않을까 하여 자꾸 발 디디는 사람들에 대한 이야기. 그런 이야기에 오래 눈길이 머문다. 그냥이다.

그냥이라는 말을 좋아하는 어떤 사람들은 나에게 이런 식으로 말하곤 했다. 불편하다, 그냥. 보기 싫다, 그냥. 한편 그냥이라는 말을 좋아하면서도 대놓고 말하기는 부끄러웠던 다른 사람들은 이렇게도 말했다. 동성애가 좋으면 집에서 해라, 내 눈에만 띄지 않으면 된다. 이유를 물으면 그들도 할 말이 없다. 그냥, 그냥이다. 자꾸 안으로 안으로, 아니면 아예 바깥으로 바깥으로. 보이지 않는 곳으로 나를 쫓아내고 싶었던 이들 덕분에 나는 적극적으로 걷는 법을 배웠다. 뚜벅뚜벅, 척척, 갈 길을 만들어가는 거다.

나의 첫 퀴어퍼레이드는 2010년 청계천이었다. 'I'm Gay and Proud'라고 쓰인 팻말을 들고 무지개 깃발 아래 힘차게 걸었던 그 기분은 영원히 잊지 못할 것이다. 걷는다, 고작 걷는다는 것이 그렇게 감격적이라니. 스스로도 몰랐던 사실을 그제야 알았다. 퍼레이드 이전까지 나는 걸음으로써 나를 표현해본 적이 없었다. 퍼레이드에서 걷는 사람은 바로 나였고 그것이야말로 그 걷기에서 가장 중요했다. 다른 사람도 아닌 나, 바로 내가 걷는다. 함께 걷는다. 우리는 내쫓기지 않았으며 도망가지도 멈추지도 않는다는 선언의 움직임. 집에서는 살고 거리에서는 걷는다. 왜? 그냥, 나라서.

걷는다는 의미가 주는 특별함 때문에 황정은의 단편 〈뼈 도둑〉 역시 오래 기억할 수밖에 없을 것 같다. 〈뼈 도둑〉은 주인공 '조'가 애인 '장'과 사별한 뒤, 혼자 살 집을 구하기 위해 낯선 시골 동네를 찾아가면서 시작된다. 장례식장에서 장의 가족들은 조에게 표면적인 친절함을 보이지만 껄끄러움을 숨기지 않았고, 장의 유골은 조가 아닌 가족의 품으로 돌아간다. 혼자가 된 조는 기이할 만큼 눈이 쌓여가는 마을에서 혼자 살아갈 방도를 생각하지만 쉽지 않다. 결국 조는 오직 장의 유골, 뼈를 훔쳐내겠다는 일념으로 눈 속을 하염없이 걷는다.

소설의 처음과 끝은 '눈 속을 걷는다'는 같은 내용이지만, 서두에서 "나는 눈 속에 갇혔다"는 절망은 결말에 이르러 "그는 갈 수 있었고, 살 수 있었다"라는 선언으로 바뀐다. 조는 장을 향해 걷는다. 계속 걷는다. 그냥, 걷는다. 내쫓기고 갇힌 줄 알았던 조가 스스로 눈 속에 발을 디디는 순간 그가 걷는 풍경이 바뀐다.

나의 삶과 조의 삶이 크게 다르지 않을 것이라 추측한다. 나는 종종 갇히거나 내쫓길 것이고, 나의 공간을 찾으며 끝없이 걸을 것이다. 방랑이라 생각하면 괴롭고, 여정이라 생각하면 견딜 만하다. 하지만 가능하다면 머물 곳을 금방 찾았으면 한다. 자유롭게 머물고 대충 나설 수 있는 집. 그냥 집. 그러다 내킬 때 걷는다. 그냥이다.

'일반스타일' 후일담

약간의 내부 사정.

요즘에도 쓰이는 말인지 모르겠지만 여성 퀴어 커뮤니티에서 통용되는 말 중 '일반스타일('일반st', '일반스트'라고도 많이 쓴다)'이라는 말이 있다. '일반처럼 보이는', 즉 겉보기에 이성애자 여성 같은 사람을 일컫는 말이다. '일반'의 기분 나쁜 의미(정상적인, 일반적인)는 일단 차치하고, 일반스타일 선호의 이유는 제법 명확해 보인다. 같이 다니면서 아웃팅당하기 싫다는 것. 딱 보기에 '퀴어 같은' 스타일을 피하려는 '걸커(걸어 다니는 커밍아웃) 기피증'도 여기에서 기인한다. 아웃팅의 공포와 자기혐오가 뒤섞인 일반스타일 선호. 그리고 그것을 바라보는 또 다른 일반스타일인 나는 사실 10퍼센트 정도만 씁쓸하고 90퍼센트 정도는 그냥 웃기다고 생각한다. 짧은 머리나 '남자 같은' 옷이나 염색 머리 등을 '걸커'라고 생각하는 사람은 당사자들뿐이다. 모르는 사람은 정말 모른다.

나도 '걸커 기피증'이 있었다. 아웃팅에 대한 걱정보다는 마초에 대한 거부감 때문이었던 것 같다. 외모, 행동, 말투와 옷차림까지 '남자'에 가까운 사람을 여성 퀴어 커뮤니티에서 보는 것이 의아했다. 내 머릿속에도 여성에 대한 어떤 정형이 있었던 거다. 머리가 적당히 길고, 립스틱이나 치마에 거부감이 없고, 수줍고 나긋나긋한. 그런데 정말 그런 사람들이 여성인 걸까? 혹은 여성에 가까운 걸까? 당연히 그렇지 않다. 하지만 당시에는 '여성스러운' '일반스트' 그런 말을 대체할 언어를 알지 못했다.

'저는 국가로부터 부여된 여성이라는 성별에 큰 불편함을 느끼지 않으며 살아왔고요, 여성에게 흔히 기대되는 것들(치마와 화장과 단정한 태도 등)을 큰 거부감 없이, 오히려 즐겁게 수행해왔어요. 머리는 단발보다 짧게 잘라본 적이 없고요, 좋아하는 사람도 늘 저와 비슷하거나 저보다 더 '여성스러운' 사람이었어요. 아, 여성스럽다는 표현 별로죠? 그런데… 제 말 무슨 말인지 아시죠?'라고 구구

절절 말하기보단 '나는 일반스트를 선호하는 일반스트'라고 말하는 편이(가뜩이나 짧게 핵심만 말하기를 선호하는 요즘 시대에) 더 효율적으로 느껴졌다.

이제 나는 일반스타일이라는 말은 쓰지 않는다. 특별히 정치적인 이유가 있지는 않고 그 표현이 외모에만 국한된 점이 불편해서다. 이제는 나 자신을 표현하거나 내가 원하는 상대를 설명할 때 성격적인 면에 더 집중하는 편이다. 그래서 모르겠다. 요즘도 일반스타일이라는 말을 쓰나요?

여하간 그 말이 품고 있는 우스꽝스러운 배타성 때문에 책을 읽을 때의 나는 오히려 '일반스트'를 좋아하는 사람들이 가장 싫어할 것만 같은 인물들에게 끌리는 편이다. 이를테면 《작은 아씨들》에 나오는 쾌활하고 천방지축인, 멜빵바지가 누구보다 잘 어울릴 것만 같은 둘째 딸 '조'. 조는 전형적인 '톰보이' 캐릭터로, 소위 '남자아이같이' 옷 입기를 좋아하고 옆집 남자아이 '로리'의 고백에도 자신은 뜻이 없다며 거절한다. 될성부른 부치 떡잎 조는 소설가 루이자 메이 올컷의 자전적인 인물이며, 작가는 '난 언제나 스스로를 절반 정도 남자로 느꼈다. 여자 몸에 갇힌 남자 말이다. 늘 예쁜 여자아이들과 사랑에 빠졌으며 남자아이랑은 한 번도 없었다'와 같은 말을 한 적도 있다고.

조는 물론 네 자매의 캐릭터가 생생하게 살아 숨 쉬는《작은 아씨들》을 읽으며 작가로서의 꿈을 키운 여성 작가들이 많다고 한다. 내가 학창 시절에 〈세일러문〉의 세일러 우라누스를 보며 두근두근하는 마음으로 미래를 꿈꿨던 것과 비슷한 감정인 걸까? 아니어도 상관없다. 조도 멋있고 우라누스도 멋있다. 중요한 건 그것뿐.

《작은 아씨들》은 무려 1868년 작품인데, 그로부터 약 60년 뒤 '조'의 성인 확장판(?)이라 할 만한《고독의 우물》이 출간됐다. '현대 영문학사 최초의 레즈비언소설'로 소개되곤 하는《고독의 우물》은 사실 트랜스젠더소설에 가깝다. 저자 래드클리프 홀을 쏙 빼닮은 주인공 '스티븐 고든'은 어렸을 때부터 남성의 차림(당시에는 성별에 따라 복식이 분명하게 달랐다)을 하고 남성이 되기를 희망하는 인물이다.

> "자, 내가 말하노니, '무엇이 두려우랴?' 알잖아. 난 사내애임에 틀림없어. 정말로 그렇게 느끼니까."•

• 《고독의 우물 1》(래드클리프 홀, 임옥희 옮김, 펭귄클래식코리아, 2008), 26쪽.

이렇게 말하는 주인공의 지정성별이 여성이라는 이유로 레즈비언 서사라고 부른다면 트랜스젠더 정체성을 배제하는 것 같아 불편해진다. 하지만 이 소설이 100년 전에 출간되었다는 점을 고려한다면 《고독의 우물》을 레즈비언소설, 트랜스젠더소설, 젠더퀴어소설, 페미니즘소설 중 어느 것으로 지칭하더라도 흥미를 줄이지는 못할 것이다.

이렇게 적극적으로 젠더 경계를 흐리는 여성들을 지칭하는 여러 말이 있다. 흔한 말로 '톰보이'가 있는데, 이건 아무래도 '남자가 되려다 미처 되지 못한 소녀' 같은 뉘앙스가 느껴져서 영 별로다. '부치'는 레즈비언 섹슈얼리티에 한정된 표현이라 항상 적절하지는 않다. 음… 그렇다면 '이반스트'는 어떨까. 성별 이분법을 우적우적 씹어 먹으면서 개성적인 매력을 뽐내는 사람들, 가장 '일반' 같지 않은 사람들이니 말이다. 아, 물론 농담이다(그것도 나쁜 농담). 사실 즐거운 젠더 크로싱 놀이를 즐기는 이들을 지칭하는 말로는 이미 케이트 본스타인•이 최선의 옵션을 제시한 바 있다. 바로 '젠더 무법자'. 개인적으로는 이보다 조금 덜 공

• 미국의 트랜스페미니즘 운동가이자 행위예술가, 젠더이론가.

격적인 표현이 있으면 좋겠지만 말이다. 무법자라니, 서부 사막에서 총질하는 멋쟁이들만 떠오르지 않나. 그래도 '이반스트'보단 나은 것 같다.

한 가지 아쉬운 점이 있다면 이 젠더 무법자들에게 매력을 느끼는 사람이 너무나 많은 나머지 젠더 무법자마저도 점차 정형화되고 있다는 것이다. 각 잡고 통계를 내본 적은 없으나 소설 속 레즈비언 인물은 70퍼센트 이상이 '머리가 짧고 키가 크며 피부가 하얗고 냉정한 척하지만 알고 보면 상냥한 여자'로 등장한다. 이런 식으로 정형화된 이유를 추측해보자면 첫째, 작가가 자신의 이상형을 썼거나(머리가 길고 피부가 까맣고 상냥한 척하지만 알고 보면 차가운 나는 너무 슬퍼진다) 둘째, 독자들의 이상형을 쓴 것이다(와 씨, 더 슬프다). 그리고 셋째, 작가들이 상상하는 레즈비언의 모습이 그것뿐이다.

추측건대 세 번째 이유가 가장 타당할 것 같아서(그렇길 바란다) 여기서나마 적어본다. 아뇨, 레즈비언도 참 여러 유형의 사람이 있거든요. 예를 들면 커피 맛 딸기 맛 초코 맛 우유가 있는 것처럼요. 요즘에는 멜론 맛 수박 맛도 있다던데… 참고로 저는 머리는 길지만 슬랙스와 원피스를 똑같이 좋아하는 사람입니다.

이렇게 쓰고 보니 소설 주인공으로는 좀 멋없는 것 같긴 하다. 그래도 기왕 있는 거, 한 가지 유형의 인물보다 최대한 다양한 유형의 인물이 등장하는 게 좋지 않을까. 현실에서 여러 고충을 겪는 젠더 무법자들이 소설에선 진을 치고 있다는 사실이 재밌는 위안을 주기는 하지만 말이다.

취향의 물수제비 놀이

좋아하는 것을 좋아하는 일에도 용기가 필요할 때가 있다. 동성 연인처럼 취향이라기엔 조금 뭐한 비밀 말고도 꾹꾹 개켜둔 취향 몇 가지가 누구에게나 있을 테다. 개구리 세 마리를 키우고 있다든가, 화장실에 야한 책이 쌓여 있다든가, 겨드랑이 털을 삼각형으로만 깎는다든가, 라면에 꼭 다진 마늘을 열 스푼씩 넣는다든가 하는. 이 중에 어떤 것은 다른 것보다 조금 더 말하기 쉬울 것 같고, 어떤 것은 평생 들키고 싶지 않을 만하다. 타인의 취향에 대해 옳고 그름을 말할 수는 없지만 나에게도 말하기가 쉽거나 어려운 취향이 골고루 있다. 가벼운 것부터 말하자면 나는 정리를 좋아한다. 물건을 사용한 뒤엔 곧바로 제자리에 두어야 마음이 편하다. 하지만 하루 이틀 치우지 않는다고 해서 못 견딜 정도는 아니다. 이쯤 되면 심심한 취향, 맞다.

어려운 취향을 밝히기 전에 우선 취향의 신화에 대해 말해보자. 오랫동안 나는 취향이란 위로 향하는 계단과 같다고 생각했다. 그렇게 배웠다. 어릴 땐 취향이랄 게 없다가 청소년기부터 폭넓은 것들을 즐기며 점점 더 고급한 취향에 다가가게 된다고 믿었다. 이를테면 헤비메탈은 십대의 전유물이고 클래식은 우아한 중장년층의 상징 같았다. 그렇게 취향 계단론에 빠져든 나는 크게 절망했다. 내려갈 수도 없는데 점점 더 좁아지는 계단이라니? 취향 계단론에 따르면 해가 갈수록 내가 할 수 있는 일은 점점 줄어들었다. 그러나 나는 끊임없이 새로운 취향을 찾아가는 노인이 되고 싶었다.

이쯤에서 밝히기 어려운 취향을 하나 말해야겠다. 나는 팬픽과 BL콘텐츠를 즐기는 '동인녀'다. 여성 퀴어 커뮤니티에 오래 몸담았지만 백합물/GLGirls love•에는 전혀 관심이 없다. 이쯤 되면 무언가를 좋아하는 취향만큼이나 무

• 여성 동성애를 소재로 하는 소실, 애니메이션 등을 일컫는다.

언가를 좋아하지 않는 취향을 이해하기 어렵다. 나는 왜 여성 캐릭터가 하나도 등장하지 않는 남성들끼리의 연애와 섹스 이야기에 열광할까. 나는 왜 페미니스트라 자칭하면서 데이트 강간과 젠더 고정관념과 퀴어포비아가 당연한 것처럼 이야기하는 팬픽과 '야오이'를 즐길까.

정말로, 좋아하는 것을 좋아하는 일에는 때로 용기가 필요하다. 나는 오랫동안 이런 취향을 경멸하고 숨겨왔다. 퀴어페미니스트 정체성과 동인녀 취향은 점차 분리되어 멀어졌다. 퀴어페미니스트 친구들에게 나의 취향을 고백하지 못하는 일이 많아지면서, 어느 쪽의 커밍아웃이 더 어려운지 알 수 없었다. 지금은 많이 나아졌다. 친구들 대부분이 나의 취향을 알고 있다(이렇게 책에도 쓰고 있지 않나). 취향이 계단이라면 제법 높이 올라간 것인지도 모른다. 하지만 사실, 취향은 계단이 아니다.

이제 내가 이해하는 취향은 물수제비 놀이에 가깝다. 수제비를 뜨듯 수면에 돌을 던지는 물수제비 놀이처럼 책, 음악, 영화, 여행 등 여러 취향의 영역을 넘나들며 잔잔한 일상에 돌을 던진다. 운이 좋으면 제법 멀리 나가지만 영 별로여서 코앞에서 물수제비가 끝나는 경우도 많다. 그중에서도 최악은 억지로 해봤는데 별로인 경우다. 내겐 클래식이나 프랑스 영화, 고전소설이 그랬다. 남들에게 아무리 좋은 것이어도 나에게 좋지 않으면 힘내서 물수제비를 뜰 수가 없었다. 결국엔 '남들에게 별로여도 나에게 좋은 것'이 쌓여 나의 섬을 만들기 마련이다.

BL을 즐길 때의 나는 최고로 둥글둥글한 상태라 어지간한 불편함은 감수할 수 있다. 퀴어페미니스트로서 견딜 수 없는, '남자를 좋아하는 건 아니지만 남자인 널 사랑해' 같은 헛소리도 BL에서 접하면 손사래 한 번에 넘어가 준다. 대체로 우리는 좋아하는 것에 다정하고, 다정할 때 성장한다. 지금은 확신을 갖고 말할 수 있다. 나는 BL을 통해 많이 성장했다. 동인녀로서뿐만 아니라 퀴어페미니스트로서도 성장했다. BL 덕분에 나는 나와 너와 주변 사람 모두가 게이인 것이 당연한 세상을 맘껏 즐겼고, 도저히 엮을 수 없을 것 같은 생물(때로는 무생물)까지 커플로 엮는 상상력에 탄복도 해보았고, 무엇보다 불편함조차 애정으로 감수해낼 수 있을 정도로 깊이 다정해보았기 때문이다.

미즈시로 세토나의 연작 《쥐는 치즈의 꿈을 꾼다》와 《도마 위의 잉어는 두 번 뛰어오른다》 같은 만화는 정말 인상적이었다. 우유부단한 성격의 평범한 회사원 '쿄이치'는 혼외관계를 맺고 있다. 어느 날, 아내에게서 불륜 조사를 의뢰받았다며 대학 후배 '이마가세'가 나타난다. 오랜 시간 쿄이치를 짝사랑해온 이마가세는 쿄이치의 아내에게 불륜 사실을 알리지 않는 대가로 육체관계를 요구한다. 이 작품은 쿄이치와 이마가세의 다른 듯 닮은 성격을 토대로, 동성이기에 벌어질 수밖에 없는 관계의 맥락을 집요하게 탐구하면서 퀴어비평적으로도 흥미로운 이야기를 만들어낸다.

《쥐는 치즈의 꿈을 꾼다》를 처음 읽었을 때는 묘한 불편함을 느꼈는데, 돌이켜보면 그것은 단순하고 매끈한 BL 판타지(동성애의 복잡한 갈등을 가리고 이성애 로맨스 서사를 그대로 붙여 넣어 만들어지는 단순한 전복의 쾌감)가 아니라 실제 퀴어인 내가 외면하고 싶었던 갈등 같은 리얼리티가 있었기 때문이다. 이마가세는 이성애자'였던' 상대가 자신의 몸을 얼마나 욕망할 수 있을지를 고민한다. 쿄이치는 흡입하는 섹스 포지션이 자신의 남성성과 얼마만큼 부딪칠지를 걱정한다. 두 사람은 상대가 동성이라는 이유로 사랑을 주고받지 못하는 것이 당연하게 느껴지기도, 억울하기도 해서 혼란스럽다. 미즈시로 세토나의 만화 속 이야기는 나와 그리 멀지 않았다.

이러한 이유로 퀴어페미니스트들에게 이 작품을

추천하곤 한다. 하지만 같은 이유로 이 작품을 별로 좋아하지 않는다. 나는 퀴어로서의 현실적이고 진득한 고민거리를 취미 생활에서까지 접하고 싶지는 않다. 이들의(나의) 이야기를 깊이 파고드는 대신 '남자를 좋아하는 건 아니지만 남자인 널 사랑해' 하는 장면을 보며 낄낄 웃어넘기고 싶다. 너무 무거운 돌은 물수제비 탈락이다.

결국 퀴어페미니스트인 내가 '생각 없이' BL을 좋아하는 이유는 바로 내가 퀴어페미니스트이기 때문이다. 문학을 제외한 여성 퀴어콘텐츠를 안 보게 되는 이유도 현실과 취미를 분리하고 싶어서였다. 취향이란 참 알 수 없으면서도 한 뿌리처럼 얽혀 있다. 그러니 다만 희망할 뿐이다. 좋아하는 것을 좋아하는 일에도 때로 용기가 필요하므로, 좋아하는 것을 좋아하면서 마음껏 다정해질 수 있길.

사랑은 원터슨으로 쓰세요

나의 노래방 애창곡은 god의 〈난 사랑을 몰라〉다.

"나는 사랑한다는 말 따윈 절대로 하지를 않아 / 난 사랑을 몰라" 그런 가사의 노래인데 이건 예전으로 거슬러 올라가면 "청바지가 잘 어울리는 여자 / 밥을 많이 먹어도 배 안 나오는 여자"가 좋다던 변진섭의 〈희망사항〉이나, 더 최근으로 따지자면 "나는 바람피워도 너는 절대 피우지 마"라던 태양의 〈나만 바라봐〉와 같은 노래다. 한마디로 밥맛없다고 할까. 그럼에도 아무 생각 없이 즐겁게 부른다. 현란한 랩 파트를 뽐내기 위해서이기도 하지만 노래방 마이크의 에코와 함께 '난 사랑을 몰라!'를 외칠 때의 쾌감이 좋아서다.

나는 죽도록 사랑하고 죽어도 못 잊겠다는 식의 서사에 면역력이 없다. 현실에서도 그렇고 음악, 영상, 출판물 어떤 것으로 접해도 마찬가지다. 로맨스가 허용치(굉장히 낮다)를 넘어서는 순간 견디기 힘들다. 가장 못 견디는 것은 한국 드라마인데, BL로 소비할 수 있어 그나마 재미있었던 〈성균관 스캔들〉을 마지막으로 한국 드라마를 끊었을 정도다. 1,000개 중 999개 작품에 로맨스가 가미되는 한국 드라마에 질리는 속도보다 로맨스가 한국 드라마의 핵심 요소로 당연하게 받아들여지는 속도가 훨씬 더 빠른 것 같다. 누가 이기나 보자, 하는 마음이지만 아마 질 것 같다. 분명 나에게도 사랑에 울고 웃다가 정신을 놓을 것만 같았던 경험이 있는데, 사랑 이야기를 견딜 수 없는 이유는 뭘까.

오늘의 점심 메뉴도 기억하지 못하는 내 머리에 깊숙이 자리 잡은 기억 하나가 있다. 어린 시절에는 그림 그리기를 좋아했다. 커서 화가가 되겠다는 꿈도 품었다. 열 살 무렵으로 기억하는 어느 날, 나의 스케치북을 넘겨보던 엄마가 크게 화를 냈다. 연필과 색연필, 크레파스로 그린 색색의 여성 누드화를 보고서였다.

"아니, 이게 뭐야? 너 누가 이런 거 그리래!"

손바닥으로 엉덩이도 조금 맞았던 것 같은데, 억울한 마음에 조작한 기억일 수도 있다. 맞다, 나는 억울했다. 여성의 벗은 몸을 그리는 게 잘못이라 생각지도 못하는 어린아이였다. 남성 누드화를 그렸더라도 엉덩이를 맞았을 것 같지만 어느 쪽이든 억울한 건 마찬가지다. 아이들이 누드화를 그리는 건 자연스러운 현상 아닌가요?

그날 이후로 나는 좋아하는 것을 숨기기 시작했다. 초등학교 때는 누드화를 숨기고, 삼촌 방에서 발견한 야한 비디오도 숨겼다. 중학생 시절엔 친구와 주고받은 애정 가득한 교환일기를, 고등학생이 되어서는 '이반' 사이트 검색 기록을 숨겼다. 내가 좋아하는 것들은 대부분 엄마의 마음에 들지 않는 것이었고, 그래서 나는 학창 시절을 늘 무언가 열심히 숨기며 보냈다. 10년을 그랬으니 대학생이 되어 여자친구와 몰래 연애하는 일도 특별히 어렵지 않았다. 뭐든 10년을 하면 전문가가 된다는 '1만 시간의 법칙'도 있지 않나. 나는 사랑 숨기기 전문가가 됐다.

그러나 나는 엄마의 교육 방식이 잘못되었으며(사실이긴 하지만) 그것 때문에 사랑을 숨겨야 하는 잘못된 무언가로 여기게 되었다고(어느 정도 사실이지만) 생각하진 않는다. 다만 어린 시절 엄마에게 엉덩이를 맞았던 일이 오늘은 친구의 퀴어포빅한 농담이며 내일은 '항문 섹스 몰아내기 시위'로 변하는 것과 같은 식이다. 하나둘 차분히, 너무나 정확하게 겨냥하며 꾸준히 쌓여간 그 풍경들이 사랑 이야기에 냉소적인 나 같은 사람을 만들어냈다. 내게 사랑은 축복이라기보다 투쟁에 가까웠고, 가장 사적이면서도 바로 그렇기 때문에 가장 정치적인 것이었다.

여자친구에게 사랑한다고 말할 때의 내 말투가 999개의 한국 드라마 속 이성애자들이 사랑한다고 말할 때의 말투와 얼마나 닮았거나 다른지를 생각했다. 만약 여자친구에게 사랑을 고백하는 순간을 엄마, 친구, 직장 동료에게 들킨다면 몰래 숨겨둔 삼촌의 포르노를 들켰을 때보다 얼마나 덜, 아니면 얼마나 더 '혼날' 것인지를 생각했다. 아무리 끙끙거린들 해결책이 나올 리 없는 이런 생각들이 나의 사랑에 덕지덕지 달라붙어 있었다. 그래서 노래방에서만큼은 〈난 사랑을 몰라〉를 부른다. 탬버린으로 엉덩이까지 두들겨가면서 열심히, 재밌게.

그리고 더 재밌는 사실이 있다. 그럼에도 나는 사랑을 한다. 주로 감추고, 가끔 들키고, 때로 혼나기도 하는 이 사랑의 모든 지리멸렬함 속에서도, 나는 사랑을 한다. 부끄러워 못 견디겠으면서도 사랑한다 말한다. '아, 또 사랑 얘기야?' 하며 미간을 꿈틀거리면서도 사랑을 본다. 설렘에 잠 못 이룰 것을 알면서도 사랑을 읽는다. 읽어버린다.

내게 사랑을 가르쳐준 사람들 중에는 지넷 윈터슨도 있다. 윈터슨은 사랑한다는 말을 하지 않고 사랑을 가장 잘 말하는 작가 중 한 명이다. 윈터슨을 읽으며 깨닫는다. 사랑은 상투적이지 않다. 사랑이 상투적이라는 말은 오해이며, 사실 오해보단 변명에 가깝다.

> 여자들 사이의 섹스는 거울에 비춰보는 지리 공부와도 같다. 그 비밀의 오묘함이라니—너무나 똑같고, 너무나 다르다. 당신은 반대로 비치는 세상이다. 당신은 거울의 반대쪽에 나를 향해 열려 있는, 숨겨진 장소다. (…) 두 사람의 당신, 하나의 당신, 존재하지 않는 당신. 나는 모른다. 어쩌면 알 필요도 없겠지. 내게 키스를.•

윈터슨의 글에서 배운 건 사랑을 말하려면 이 정도로는 애를 써야 한다는 사실이다. 누군가 나에게 윈터슨의

• 《하룻밤만의 자유》(지넷 윈터슨, 임주현 옮김, 문학사상사, 2002), 161쪽.

글 같은 러브레터를 써준다면 영원한 부끄러움에 질식할 것 같다. 언젠가 애트우드가 쓴 것처럼 곧장 "붉게 달아오르고 수박 속처럼 무기력해"질 것이다.• 그러면서도 〈난 사랑을 몰라〉 대신 새로운 애창곡을 찾게 될 것이다. 그 노래가 무엇이든 이런 러브레터는 이기지 못하겠지만. 누군가 나에게 이런 러브레터를 써준다면, 써준다면…. 그렇게 기도하다 보면 윈터슨의 새로운 소설이 출간된다. 세상에, 이만큼 완벽한 사랑은 없다.

나는 너를 알지 못한다. 그 사실에 스스로의 무능력을 실감하면서도 동시에 모르기 때문에 덧없이 매혹된다. 네 앞의 나는 가장 솔직하고 우스운 오리지널. 나는 작은 사전을 펼쳐두고 고심한다. 차라리 빵을 굽거나 이불을 세탁해주는 것이 너에 대한 나의 막막함을 더 잘 보여주리란 생각도 한다. 네가 옆에 없을 때에도 나는 너 때문에 일상이 충만해진다는 것을 느끼지만, 너와 재회하는 순간 그것이 망할 착각이었음을 깨닫는다. 너의 몸, 목소리, 말투, 손짓, 잠버릇과 개인사 중에 어떤 것을 다른 것보다 조금 더 좋아하거나 못마땅해하기도 하지만 못마땅한 부분만큼은

• 《고양이 눈 2》(마거릿 애트우드, 차은정 옮김, 민음사, 2010), 157쪽

죽어도 말하지 않겠다고 다짐한다. 그러다 실패한다. 그래도 너도 나를 사랑한다. 그렇다고 한다. 나는 그 사실이 믿기지 않아 종종 운다.

사랑에 관한 감정을 나는 고작 이렇게 쓴다. 어떤 사람은 '사랑한다'는 말로 축약하고, 또 어떤 사람은 사랑을 모른다며 발뺌한다. 그리고 또 다른 사람은 이렇게 쓴다.

> 나는 당신이라는 태양 아래 펼쳐지는 꼭 쥔 하얀 주먹이다.[••]

그의 글 앞에서는 나도 하얀 주먹이 된다.

•• 《예술과 거짓말》(지넷 윈터슨, 김선형 옮김, 뮤진트리, 2018), 113쪽.

초보 공격수

올해의 계획 중 하나를 실천했다. 운전면허를 취득한 것이다. 운전면허는 젊을 때 따야 좋다는 말을 많이 들었다. 그래서 나도 젊은 나이인 서른한 살에 땄다. 겁은 엄청 많아서, 도로 주행 코스가 전국에서 가장 쉽다는 파주의 모 운전면허학원에 등록했다. 학원에는 여러 사연을 가진 다양한 연령층의 사람들이 모여 있었다. 아이가 유치원에 다니기 시작하면서부터 차가 필요해졌다는 사십 대 주부, '스틱 운전'의 로망을 이루기 위해 1종면허로 변경하려 한다는 이십 대 청년, 아르바이트 때문에 원동기면허를 따야 한다는 삼십 대 여성까지. 수업 전후의 짤막한 휴식 시간 동안 이런저런 이야기를 듣는 게 재미있고 운전도 생각

만큼 어렵지 않아서 별 탈 없이 면허를 취득할 수 있었다. 역시 서른한 살은 엄청 젊은 나이다.

작은 일이나마 새로운 것에 도전하고 성취한 것까지는 좋았지만, 세상일이 그렇듯 나쁜 일도 있었다. 난생처음 운전석에 앉은 날, 내 옆에 앉은 사람은 영화배우처럼 잘생긴 오십 대 후반의 강사였다. "보배 씨, 안녕하세요." 여기까지는 좋았는데….

"자, 운전석에 앉아볼까. 떨지 말고. 발은 거기에 둬야지."

대뜸 반말이었다. 초면에 반말을 들어본 지가 너무 오래된 나는 면역력이 떨어진 상태였다. 아, 그랬지. 아직도 세상에는 초면에 반말하는 사람들이 실존하지, 참.

선량한 사람이 가진 나쁜 습관. 흔하지만 대처하기는 어려운 이런 상황을 마주할 때면 혼란스러워진다. 그 강사는 나쁜 사람이 아니었다. 나의 긴장을 풀어주고자 농담을 하거나 잔잔한 음악을 틀어주기도 했으며 운전도 이해하기 쉽고 친절하게 설명해주었다. 내 머릿속에는 두 가지 대응의 갈림길이 나타났다. 그 옛날 '그래, 결심했어!'로 유명하던 어느 텔레비전 프로그램처럼.

"어머, 고마워라. 긴장 풀어주려고 일부러 반말한

거지? 그나저나 이다음엔 어떻게 해?"

살면서 한 번은 이런 대응을 해보고 싶다고 생각하지만 아직은… 버킷리스트에 넣어두자. 결국 내가 택한 대응은 다른 쪽이었다.

"음… 그런데요, 강사님. 초면에 반말하면 불편해하는 분들이 많을 거예요. 조금 조심하셔야 해요."

우물쭈물 시작해 된소리를 섞어 "쪼끔" 하면서 어깨를 으쓱하고, 마지막에는 헤헤 웃기까지 했다. 퀴어페미니스트를 자칭하는 주제에 정말 멋없지 않나? 무례한 사람을 만났을 때 '쿨하게' 대처하는 법에 대한 책도 여러 권 읽었고, 실제로 그게 가능한 사람을 만날 때면 눈망울을 반짝이며 '공부'하려 애쓰지만, 내 평생 멋지고 쿨한 퀴어페미니스트가 될 수 있을 것 같지는 않다.

나는 공격에 익숙한 편이고 보통 공격을 당하는 쪽이었지만, 공격받는 상황에 매몰되다 보니 공격하기도 쉬워지긴 했다. 그들처럼 나 또한 나를 지킨다는 명목으로 누군가를 공격하고 '가르쳐'왔다. 그리고 이 습관은 쉬이 사라질 기미가 보이지 않는다. 사람과 사람 사이에는 각자의 영역이 있지만 그것은 아주 연약해서 너무나도 쉽게 공격받는다(고 느낄 수 있다). 칼을 휘두르거나 총과 대포를

쏘는 것만이 공격은 아니다. 나는 언어의 공격으로도 죽음에 가까워지는 경험을 한 적이 있다.

한편 누군가를 '가르치는' 일은 스스로의 무지를 바라볼 수 있게 한다. 대학에서 영어를 전공한 덕에 학생들에게 영어를 가르쳐본 경험이 꽤 있다. 알파벳을 막 떼었거나 아직 기본적인 문법을 모르는 학생들에게 기초부터 차근차근 설명하는 과정은 답답하기도 하고 화가 치밀 때도 있었다. 그들이 앉은 자리, 바로 거기에 10년 전의 내가 있었음에도. '아는 나'는 '모르는 나'를 완전히 잊어버리고 싶어 한다. 하지만 그때의 나는 사라지지 않고, 10년 전의 내가 그 자리에 있었듯 10년 뒤의 내가 지금의 나를 또다시 '모르는 나'로 완전히 잊어버리고 싶어 할 것이다. 배워도 배워도 늘 모르는 게 있을 것이다. 그래서 나는 영원히 모른다. 다행스럽다.

누군가에게 무언가 가르칠 수 있는 기회가 찾아왔을 때, 내가 품고 있는 작은 지식을 잠자는 아기처럼 대하려 애쓴다. 곤히 자고 있는 아기를 옆 사람에게 안겨주려면 바짝 긴장한 채 최대한 조심하게 된다. 살금살금 조심조심. 지식을 휘두르거나 내던지지 않도록. 초면에 반말을 하거나 성소수자를 나쁜 농담의 소재로 사용하는 사람들에게조차, 조심조심. 물론 가장 좋은 방법은 조심스럽되 속 시원한 가르침을 전하는 것일 테지만, 나는 그런 멋진 퀴어페미니스트가 되지는 못하고 다만 물개 박수를 치는 사람이다. "우와, 멋지세요!" 하면서. 아마 된소리 '멋찌세요'로 발음할 테고, 그건 '당신처럼 될 자신은 없지만 일단 배워보겠습니다'란 뜻이다. 영원히 모르니까 영원히 배울 수밖에 없다. 어쩔 수 없이, 나는 영원히 예사소리를 된소리로 발음할 것 같다.

아름다움을 주워 담아

미장센이라는 말이 있다. 영화에 문외한이라 미장센을 그저 아름다운 화면구성쯤으로 이해하지만, 누구에게나 각자의 미장센이 있음을 안다. 마음 한구석에 콕 자리 잡아버린 영화 또는 소설의 어느 한 장면. 나는 그것을 '영원한 풍경'이라 부른다. 연애가 타이밍인 것처럼 영원한 풍경을 만나는 순간도 우연이며 나에겐 〈싱글 맨〉이 영원한 풍경 중 하나다.

〈싱글 맨〉의 원작은 소설이고 영화로도 만들어졌다. 대략의 줄거리는 연인을 죽음으로 떠나보낸 중년의 게이 남성 '조지'의 하루를 좇아가는 이야기다. 소설이 영화화된 경우 흔히 원작을 따라가지 못한다지만 〈싱글 맨〉은 소설과 영화 모두 '끝내주게' 아름다운, 정말 흔치 않은 경우다. 게다가 소설과 영화가 참 다르게 끝내준다. 소설은 마지막 페이지의 강렬함 때문에 책을 덮고 난 뒤에도 독자를 신음하게 하는 수작이다. 하지만 영원한 풍경을 위해서는 역시 영화 이야기를 해야겠다.

〈싱글 맨〉은 조지 역을 맡은 배우 콜린 퍼스의 비주얼과 패션 디자이너이기도 한 감독 톰 포드의 연출이 찰떡궁합을 이루면서 곳곳에 아름다운 장면이 넘치는 영화다. 콜린 퍼스가 뿔테 안경에 정장 차림으로 죽은 애인 '짐'과의 추억을 회상하는 장면이나, 화장실 변기에 앉아 이웃집의 세속적인 풍경을 엿보는 장면, 침대 위에서 이런저런 포즈로 권총 자살을 궁리하는 장면, 관능적인 히스패닉 남자와 담배를 나누어 피우는 장면 등등. 많은 장면이 누군가의 영원한 풍경으로 자리매김했을 것이다.

러닝타임 내내 야생동물처럼 우아하고 섹시한 영화 〈싱글 맨〉에서 나의 가장 깊은 곳에 주저앉은 풍경은 사실상 가장 식물적인 장면이었다. 조지와 짐이 함께 독서를 하는 장면. 두 사람은 소파의 양쪽 끝에 등을 기댄 채 책을 읽는다. 책장이 넘어갈 때마다 두 사람의 무릎과 발끝이 조금씩 스친다. 둘의 무릎 사이로 두 사람과 함께 사는 개가 올라와 잠을 청한다. 짐이 자신이 읽고 있는 책에 대해 농담을 하고 조지가 웃는다. 3분이 채 되지 않는 그 장면은 내게 가장 아름다운 영화 속 한 장면이자 내가 꿈꾸는 미래의 풍경으로 마음 깊숙한 곳에 들어섰다. 나는 왠지 울 것 같았고 동시에 더없이 행복해지기도 했다. 아름다움은 얼마나 주관적인지. 또한 얼마나 우연적이며 강렬한지.

이 책을 읽는 사람 중에 2013년 홍대에서 있었던 서울퀴어문화축제에 참여한 사람이 있을까. 홍대는 축제를 진행하기에는 너무 좁고 붐비는 곳이었다. 나는 걷는지 떠밀리는지 모르는 상태로 부스를 구경했다. 한여름 홍대의 뙤약볕에서 축제를 즐기기란 보통 일이 아니었지만 그럼에도 내게는 영원한 풍경이 남았다.

그날, 홍대의 하늘에 무지개가 떴다.

살면서 좀처럼 보기 어려운 것이 무지개다. 특히나 비도 오지 않은 쨍한 서울의 하늘에선 더더욱. 그런데 퀴어문화축제가 열리는 홍대의 하늘에 무지개가 떴다. 어깨를 부딪치며 걷던 그 거리의 사람들 모두가 휴대전화를 꺼내 들고 무지개 사진을 찍었다.

"하나님의 축복이야."

누군가 그렇게 말했고 2013년 홍대 하늘의 무지개는 어쩔 수 없이 나의 영원한 풍경 중 하나가 되었다.

> [성소수자]를 상징하는 무지개 깃발은 (…) 색깔마다 저마다의 상징을 심어두었다. 빨강은 '삶', 주황은 '치유', 노랑은 '태양', 초록은 '자연', 파랑은 '예술', 보라는 '영혼'.•

무지개는 참 재미있다. 미학적으로 그리 세련되지는 않아서인지 주로 어린이 용품이나 무지개 자체가 상징으로 쓰이는 퀴어굿즈에 많이 쓰인다. 매년 퀴어문화축제 전후로 제작되는 각종 퀴어굿즈를 보면 무지개가 디자인의 요소로 활용될 수 있는 경우의 수를 헤아려볼 수 있다. 무지개는커녕 유채색을 좋아하지 않는 나의 방 안에도 무지개가 점점 늘어나고 있다. 예쁘지 않아도 아름답다고 느낄 수 있다. 나에게 무지개는 미학적으로 못생기고 문학적으로 아름다운, 영원한 풍경 중 하나다.

불과 몇 년 전까지만 해도 무지개는 소심한 커밍아웃의 의미였다. 알 사람은 알겠지, 무지개의 의미를 아는

• 《레인보우 아이즈》(젠더문학닷컴 작가들, 해울, 2005), 9쪽.

사람이라면 내가 퀴어라는 사실도 알아주겠지, 그러다 친구나 애인이 되면 더 좋고, 하는 생각. 하지만 지금 내게 무지개는 심심한 표지판이다. 무채색인 척하는 세상에 심어두는 작은 상징.

'나는 시스젠더 이성애자가 아니랍니다. 혹시 실수하실까 봐 알려드립니다.'

'당신도 무지개를 아신다면 우리가 가까워질 확률이 더 높아진 거랍니다.'

무지개는 초면인 사람에게 그런 말을 하지 않아도 되도록 (조금은) 도와준다. 한편으론 여전히 아는 사람만 알아서 그 의미를 모르는 사람들을 자연히 걸러주기도 한다. 하지만 아무래도 무지개는 영 못생겨서, 앞으로도 퀴어문화축제를 위해서가 아니라면 무지개가 그려진 옷을 입거나 신발을 신지는 않을 것 같다. 그저 가끔 가방에 조그만 무지개 배지를 다는 것으로 만족한다. 작다는 것이 포인트고, 빼먹는 날도 많다. 그 정도면 충분하다. 배지는 이렇게 말한다.

나는 여기에 있다.

이 얼마나 중요하면서도 별것 아닌 소리인지. 하지만 나는 무지개의 별것 아님이 좋다. 여섯 빛깔의 무지개가 삶, 치유, 태양, 자연, 예술, 영혼을 상징한다는 사실을 깡그리 잊고 살더라도, 못생기면서 아름다울 수 있는 존재로 조금 더 기분 좋은 하루를 보낼 수 있다는 것이 참 다행스럽다.

나이를 먹는다고 사람이 돌연 철들지는 않는다는 걸 깨닫는 요즘, 그래도 깨달은 것이 있다. 삶은 힘든 것이지만 그걸 견디게 하려고 곳곳에 아름다움을 숨겨두었다. 총파업하는 일개미처럼 굴속으로 숨어들고 싶어질 때면 중얼거리곤 한다. 아름다움, 아름다움이 필요해. 물론 아름다움에는 여러 종류가 있다. 예쁜 여자와 정치적으로 올바르지 못한 농담을 하면서 술을 나눠 먹는 시간, 혹은 퀴어문화축제의 상공에 걸린 돌연한 무지개 한 조각, 아니면 두 남자가 한가로이 독서하는 영화 속 한 장면이나 가방에 달린 작은 배지일 수도 있다.

아름다움은 하나둘 나의 하찮은 가슴에 들어앉는다. 나는 사실상 허락 없이 빌려 온 아름다움들에 기대어 삶을 버티고 있다. 아마 당신도 그럴 것이라 감히 상상하곤 한다.

나가며

연대와 고통의 곁에서

어느 독립 문예지에 고통에 대한 글을 기고한 적이 있다. 그 문예지의 출간 기념 낭독회 자리에서 청중에게 의외의 질문을 받았다.

"나의 고통은 알지만 타인의 고통은 알기가 참 어려운 것 같아요. 우리는 어떻게 연대할 수 있을까요?"

질문자는 어려운 질문에 미안해했다. 그는 어떤 면에서 나와 비슷해 보이기도 했다. 도무지 정답을 알 수 없어 헤매면서 정답에 가까운 것이나마 주워 담기 위해 애쓰는 사람 같았다. 나는 그를 돕고 싶었지만 이렇게 답할 수밖에 없었다.

"모르겠습니다."

망연히 고백하자면 그때의 나는 연대를 질문받았다는 사실이 부끄러웠다. 나는 더 이상 격렬히 분노하거나 열렬히 사랑하지 않는다. 해가 길어지면서 그림자의 방향이 바뀌듯, 나의 정의와 신념도 조금씩, 그러나 분명하게 변해갔다. 이 변화를 시간 때문이라고 말하지 않으려 애쓰지만 쉽지 않다. 예전에는 타인에게 어떤 상처도 주지 않는 무해한 사람이 되고 싶었다. 지금 생각하니 그것은 무해함이 아닌 무균성이었다. 살아 있는 한 사람은 상처를 준다. 그러나 이런 생각을 모두 말하지는 못하고 그저 모른다고 답했다.

왜였을까? 그 작은 출간 기념 낭독회 자리에 찾아와 연대의 방법을 묻는 사람에게 거짓말로 뽐내고 싶지 않았던 것 같다. 내게는 모르겠다는 말이 최선의 대답이었지만, 그에게는 아니었을 것이다. 그 뒤로 몇 년이 지난 지금까지도 종종 그를 생각한다. 그리고 이번엔 내가 묻고 싶다. 혹시 어디선가 답을 찾으셨나요. 대체 우리는 어떻게 연대할 수 있을까요.

한편, 생각보다 덜 듣는 질문이 있다.

“왜 책을 읽으세요?”

책 읽기가 마냥 즐겁고 재미있어서요, 라고 답하고

싶지만 그건 사실이 아니다. 미국의 소설가 셔먼 알렉시는 이렇게 말했다. "이 세상에는 슬프고 외롭고 화가 나서 책을 읽는 독자들이 수없이 많다. 그들은 끔찍한 세상에 살기 때문에 책을 읽는다. (…) 어둡고 위험한 책들이 자신을 구원해줄 거라 믿기 때문에 책을 읽는다."•

나도 슬프고 외롭고 화가 나서 책을 읽었다. 책 속에는 슬프고 외롭고 화난 사람들이 가득했다. 나는 그들과 함께 이 세상이 얼마나 끔찍한지에 대해 토로하는 비밀 모임을 만들었다. 우리는 같은 병실을 공유하는 환자이자 알리바이를 도모하는 공범자였다. 우리는 고통을 공유하려 했지만 늘 실패했다.

얼마 전, 엄기호의 《고통은 나눌 수 있는가》를 읽었다. 저자는 고통받는 자들의 목소리를 가장 가까이에서 지켜보는 활동가로서 고통에 대해 생각하게 되었다고 한다. 책 제목 그대로 '우리는 고통을 나눌 수 있는가?'라는 주제를 깊이 탐구하는데, 작가의 대답은 '모르겠습니다'를 건너 '아니오', 그리고 '예'였다.

그의 말에 따르면 우리는 고통에 대해서 말할 수 없

• 《나쁜 페미니스트》(록산 게이, 노지양 옮김, 사이행성, 2016), 66쪽에서 재인용.

다. 심지어 우리 자신의 고통조차 그렇다. 우리가 말할 수 있는 것은 오직 고통스럽다는 것, 그리고 고통에 대해 말할 수 없다는 사실뿐이다. 그래서 '아니오'. 우리는 고통 자체를 나눌 수는 없다. 우리는 실제 고통을 겪은 사람들의 곁에서 이야기를 나눌 때 고통 자체나 고통의 원인에 대한 이야기보다는 "원인도 정체도 알 수 없는 고통을 각자가 어떻게 겪어내고 있으며, 그 과정에서 우리 모두는 얼마나 외로운 존재로 고군분투하는지를" 이야기한다. 결국 고통을 통한 연대는 불가능하지만 '고통을 공유할 수 없다는 고통'을 나눌 수는 있다. 그래서 '예'. 고통의 연대는 "오로지 '우회'만을 통해 가능"하다.

나는 고통을 우회하기 위해서 책을 읽는다. 책 속에 담긴 고통 중에서 일부는 나의 것이었고 대부분은 낯설기도 익숙하기도 한 타인의 영역이었지만, 나보다 연대를 잘 이해하는(혹은 '더 잘' 모르는) 작가들의 글을 통해 나는 고통의 곁에 설 수 있었다. 서툴고 우매한 독서 경험이 없었다면 나는 지금보다도 더 무지한 사람이었을 것이다.

왜 책을 읽느냐는 질문에는 '이렇다 할 이유가 없다면 굳이 책 읽기를 선택하지 않는다'는 전제가 담겨 있는지도 모르겠다. 애서가들은 책을 좋아한다는 이유만으로 얼마간 이상한 사람들이다. 그래서 나는 애서가들을 좋아한다. 애서가들이 사랑하는 책은 '평범한' 사람들 눈에는 얼마간 이상하다. 바로 그 이유로 나는 책이 좋다. 내게 이상함과 사랑스러움은 거의 같은 단어다. 무지개 깃발 아래의 자부심이 확대된 것이라 해도 좋다. 책을 좋아하는 이상한 사람이든 이상한 사람이어서 책을 좋아하든 이들은 참 귀여우며, 귀엽다는 감정보다 나은 것은 세상에 거의 없다. 나의 글을 읽은 누군가가 '이 사람은 책을 참 좋아하고 참 이상하네!' 하고 생각해주면 좋겠다.

내 주위에도 고통스러워 하는 사람들이 있었고, 아마 앞으로도 있을 것이다. 그러지 않기를 바라지만 연대에 대한 질문을 다시 받기도 할 것이다. 앞으로도 오랫동안 나는 고통의 곁으로 숨어들며 연대는 도무지 모르겠다고 답할지 모른다. 다만 앞으로는 조금 더 현명할 수 있기를 바란다. 혹은 현명한 대답이란 영원히 없다는 사실을 깨닫게 되더라도 크게 절망하지 않기를 바란다. 무엇을 모르고, 무엇이 아니고, 무엇이 없는 삶도 그럭저럭 버텨낸다면 뿌듯할 것 같다. 삶을 버티는 일은 세상에서 가장 힘든 일이기 때문이다.

리베카 솔닛은 글쓰기에 대해 이렇게 말했다. "삶

하나는 이야기 하나가 아니기 때문에, 완성된 이야기를 전하기란 절대 불가능하다. 삶은 온갖 사연으로 가득한 은하수 같은 것이고 우리는 지금 우리가 누구이며 어디에 있는지에 따라 그때그때 몇 개의 성운을 고를 수 있을 뿐이다."• 내 삶에 대해 쓴 것은 처음이었고 솔닛의 말대로 이야기를 완성할 수 없음을 절실히 깨달았지만, 이 경험을 통해 얼마간 겸허해졌기를 희망한다.

나의 작은 은하수에서 몇 개의 성운을 골라 보낸다. 이 넓은 우주에서 당신과 스쳐가게 되어 매우 기쁘다.

잘 버티자, 기왕이면.

• 《멀고도 가까운》(리베카 솔닛, 김현우 옮김, 반비, 2016), 359쪽.

이 책을 후원해주신 분들

강스타 강연희 고범철 곤 구름 긴수염 김강리 김경훈
김레이 김민수 김영선 김영선(나루) 김예빈 김유빈 김종오
김지운 김지인 까란 낙타 노정은 다홍 뎡으니 도로 도치
또끼꼬꼬 또야 람다 루인 룬 류지 바이티 박부분 박유빈
배혜 백승연 백종륜 백지연 변재아 보석 봄날의꼬마 봄동
불출레즈 샌드 성사 소양 소요 솔담 숙동 신현민 양수진
어떤책 예리 예지예서아빠 오래 오른 오은 요라 우나자
우주 이루리 이서영 이우혁 이울 이유나 이정민 이종산
이종영 임재하 임현 장지원 정나래 정현우&조혜원 정혜연
정혜지 조현정 지원 진영 쬬앤디 채수아 천다민 청명
최성경 최승범 최효원 쿼어락 큐큐 태훈 하레 현정 idam
īris JEJE paegi Pencil_G Siarte

우리는 무지개를 타고

발행일 초판 1쇄 2019년 8월 12일 **지은이** 보배 **발행인** 김병준 **편집** 한의영 **일러스트** 백지연 **디자인** 김은영·이순연 **마케팅** 정현우·김현정 **발행처** 아토포스 **출판등록** 제 406-2017-000011호 **주소** 경기도 파주시 회동길 37-42 파주출판도시 **전화** 031-955-1318(편집) 031-955-1321(영업) **팩스** 031-955-1322 **전자우편** tpbook1@tpbook.co.kr **홈페이지** www.tpbook.co.kr

ISBN 979-11-85585-74-1 03810

이 도서의 국립중앙도서관 출판예정도서목록(CIP)은 서지정보유통지원시스템 홈페이지(http://seoji.nl.go.kr)와 국가자료종합목록 구축시스템(http://kolis-net.nl.go.kr)에서 이용하실 수 있습니다.(CIP제어번호 : CIP2019029002)